MATTEO RIGHETTO

Die
Seele
des
Monte
Pavione

MATTEO RIGHETTO

Die Seele des Monte Pavione

ROMAN

Aus dem Italienischen
von Bruno Genzler

BLESSING

Dieses Buch ist der Fantasie entsprungen. Alle Personen und Schauplätze wurden vom Autor erdacht oder zumindest so umgeformt, dass sie sich ins Romanganze einfügen. Etwaige Übereinstimmungen mit lebenden oder verstorbenen Menschen sind rein zufällig.

Originaltitel: *L'anima della frontiera*
Originalverlag: Mondadori Libri, Mailand

Sollte diese Publikation Links auf Webseiten Dritter enthalten, so übernehmen wir für deren Inhalte keine Haftung, da wir uns diese nicht zu eigen machen, sondern lediglich auf deren Stand zum Zeitpunkt der Erstveröffentlichung verweisen.

Verlagsgruppe Random House FSC® N001967

1. Auflage 2019
Copyright © 2018 Matteo Righetto
und Piergiorgio Nicoloazzini Literary Agency
Copyright © 2019 by Karl Blessing Verlag, München,
in der Verlagsgruppe Random House GmbH,
Neumarkter Str. 28, 81673 München
Umschlaggestaltung: Nele Schütz Design, München
Satz: Leingärtner, Nabburg
Druck und Einband: Pustet, Regensburg
Printed in Germany
ISBN: 978-3-89667-616-0

www.blessing-verlag.de

Den Freien und Gerechten, den Dichtern und Heiligen:
dem Geist, der keine Grenzen kennt.

Er fand, in der Schönheit der Welt lag ein Geheimnis verborgen. Er fand, der Herzschlag der Welt hatte einen furchtbar hohen Preis; das Gleichgewicht zwischen Schmerz und Schönheit der Welt verschob sich mal hierhin, mal dorthin, und in Zeiten krasser Unausgewogenheit wog vielleicht der Anblick einer einzigen Blume das Blut zahlloser Menschen auf.

Cormac McCarthy
All die schönen Pferde

ERSTER TEIL

1

Es gibt Dörfer, die scheinen das Unheil anzuziehen. Man riecht es schon, wenn man die Luft dort einatmet, die trüb ist, abgestanden und verbraucht – wie alles, was dem Niedergang entgegengeht. Ein solches Dorf war auch Nevada mit seinen wenigen Bewohnern in ihren ärmlichen Hütten, die sich an die Steilhänge rechts des Flusses klammerten, halb verborgen durch raue Wälder und verstreut zwischen den *masiere*, jenen schmalen, den Felswänden abgerungenen Terrassen, die östlich der Hochebene von Asiago in Richtung des Städtchens Enego hin abfallen, um schließlich ins Brenta- und Suganatal einzutauchen.

Eingefasst von Trockenmauern aus Bruchsteinen, die hier massenhafter noch als Maulwürfe die Erde durchsiebten, waren es diese *masiere*, auf denen die Bewohner des Dorfes Tabak anbauten. Das geschah seit Generationen, seit Jahrhunderten, denn über dem Tal der Brenta gedieh Tabak so gut und mit einem solchen Aroma wie sonst nirgendwo weit und breit. So hatte der Tabakanbau bereits den Holzhandel abgelöst, als im 17. Jahrhundert unten im Tal der Schwarze Tod immer weiter nach Süden vordrang und es so aussah, als würde es für niemanden ein morgen geben.

2

Gegen Ende des 19. Jahrhunderts lebten in Nevada nur drei Familien, und eine davon waren die De Boers.

Augusto war das Familienoberhaupt. 1852, als seine Heimat noch von Österreich beherrscht wurde, war er in jenem Haus zur Welt gekommen, in dem er dann bis zu seinem Tod leben sollte und in das er auch seine Frau Agnese aufnahm, die Tochter einer Bauersfamilie aus Stoner, einem ebenfalls winzigen Dorf auf der Hochebene von Asiago. Drei Kinder schenkte sie ihm, zwei Mädchen und einen Jungen, die alle in Nevada geboren wurden, in eben jenem Haus.

Augusto war weder groß noch stämmig, verfügte aber über schier unerschöpfliche Kräfte. Mit fünf Axthieben konnte er eine Fichte fällen, die doppelt so alt war wie er. Ein dichter schwarzer Schnurrbart verbarg seinen Mund, der häufig mit Tabakkauen beschäftigt war. Er sprach wenig und schwieg manchmal ganze Tage lang. Wenn er jedoch einmal die Lippen bewegte, erstarben die Gespräche ringsum und alle verstummten. Denn seine Worte waren so endgültig wie der Stein auf einem Grab.

Augusto war in Armut aufgewachsen und wäre als Kind fast an der Pellagra gestorben. Allzu oft hatte er seine Eltern gegen jene Hungersnöte ankämpfen sehen, die die Bergbauern dieser Gegend regelmäßig heimsuchten.

Vielleicht war dies der Grund, weshalb Augusto de Boer die Last der Verantwortung für alles, was um ihn war, so schwer auf seinen Schultern spürte und jeden Tag in dem Bewusstsein lebte, dass das Schicksal seiner Familie, im Guten wie im Schlechten, so fest mit seinem Schicksal verwachsen war wie die Äste einer Eiche mit ihrem Stamm.

Daher lobte er Gott zweimal am Tag, auf seine Weise. Das erste Mal, wenn er morgens mit dem Zwitschern der Singdrosseln aufstand, um sich zur Arbeit auf den Tabakterrassen aufzumachen, und dann abends, wenn er mit von den Strapazen erschöpften Gliedern heimkehrte. Dann aß er einen Schlag Polenta, legte noch einmal Holz im Küchenofen nach und ging zu Bett. Dort lag er mit geschlossenen Augen, lauschte dem Gesang der Nachtigallen, der aus dem nahen Wald zu ihm drang, und spürte, wie sein Rücken von den Anstrengungen des Tages kribbelte.

3

Agnese war drei Jahre jünger als er und seit ihrem Wegzug aus Stoner nie wieder in ihr Heimatdorf zurückgekehrt. Sie hatte leicht klobige Hände, deren rötliche Haut auf den Handrücken schrumpelig und in den Handflächen von unzähligen feinen Falten durchzogen war.

Mit gesenktem Kopf und mit raschen Schritten, als habe sie es immer eilig, bewegte sie sich durchs Haus. Sie hatte dichtes schwarzes Haar, das aber nur wenige Menschen gesehen hatten, trug sie es doch, im Nacken zusammengefasst, stets unter einem dunklen Kopftuch verborgen, das unter dem Kinn verknotet war.

Agnese betete viel, vor allem zur Madonna, auch wenn sie auf dem Feld arbeitete oder vor dem Herd stand und in dem Topf mit der ockergelben, sämigen Polenta rührte. An manchen Tagen kehrte sie derart erschöpft von den Tabakfeldern zurück, dass sie selbst zum Essen zu schwach war. Dann bereitete sie das Abendessen nur für die anderen zu, ließ sich neben dem Herd oder auf den Stufen vor der Haustür nieder, ruhte sich aus und bewegte dabei betend die Lippen. Trotz des harten Lebens in den Bergen war sie eine feinfühlige Frau, die jeden Tag aufs Neue über die Schönheit der Natur selbst in den kleinsten Dingen staunen konnte und sich davon verzaubern ließ: von einer Löwenzahnblüte, einer Haselnuss oder der kunterbunten Feder eines Eichelhähers.

Agnese war noch nie etwas geschenkt worden, aber sie hatte auch keine Wünsche, außer dem einen, ihre Kinder gesund und zu guten Christen heranwachsen zu sehen.

4

Augusto und Agnese hatten drei Kinder. Jole kam im Jahr 1878 zur Welt, Antonia 1883 und Sergio 1886.

Im Aussehen sowie in ihrem Wesen war die Älteste, Jole, ganz der Mutter nachgeschlagen. Vielleicht war dies auch der Grund, weshalb sie mehr noch als die anderen ihren Vater liebte. Ihr Haar war blond, und sie trug es meist zu einem Zopf geflochten, der ihr lang auf den Rücken fiel. Sie war schlank und hatte große helle Augen, deren Farbe schwer zu bestimmen war: Zuweilen schimmerten sie grün wie ein Lärchenwald im Sommer, andere Male grau wie das Winterfell der Wölfe, dann wieder blaugrün wie ein Gebirgssee im Frühjahr.

Jole liebte Pferde über alles, und schon als Kind war sie barfuß durch Wälder und über unwegsame Pfade gelaufen, nur um sich welche anzusehen. So machtvoll war diese Leidenschaft, dass sie, vor allem im Sommer, schon frühmorgens aufbrach und erst kurz vor Sonnenuntergang heimkehrte. Zwei Orte gab es, an denen sie Pferde beobachten konnte. Im Norden die Weiden bei dem Gehöft Rendale, wo neben den Herden von Foza-Schafen immer zahlreiche Pferde grasten, und im Süden die Gebirgskämme um den Ort Sasso, wo eine ganze Reihe kräftiger Zugpferde dazu eingesetzt wurden, den Marmor, der dort abgebaut wurde, ins Tal zu bringen.

Jole mochte sie alle, egal ob es sich um schlanke Rasse-
pferde oder um stämmige Kaltblüter handelte, die schwere
Arbeiten verrichteten, und wie in einem Traum oder
einem Zauber gefangen, konnte sie ihnen stundenlang
geistesabwesend zuschauen.

Antonia, ihre Schwester, trug die Haare am liebsten
kurz. Also schnitt Agnese sie ihr zweimal im Jahr mit
einer alten Schere ab, ganz vorsichtig, um sie nicht mit
der Klinge zu verletzen, denn gegen einen Wundstarr-
krampf wären sie noch machtloser gewesen als gegen
den Hunger. Antonia half der Mutter gerne im Haushalt
und hatte Spaß am Kochen, selbst mit dem wenigen, das
ihnen zur Verfügung stand. Im Sommer war sie ebenfalls häufig im Wald zu finden, spazierte umher, lauschte
auf die Geräusche und Stimmen der Tiere und ließ sich
den Duft der Bäume in die Nase wehen.

In einer alten Blechbüchse sammelte sie das Harz,
das die Rinden der Rottannen absonderten, und brachte
es ihrem Vater, der es knetete und zu harten Kügelchen
formte, die zum Anfeuern des Ofens gebraucht wurden.
Einen Teil des Harzes hielt er aber stets für Antonia zurück, die damit besonders schöne Blumen oder Insekten
dem Wirken der Zeit entzog, sodass sie sie in ihre Samm-
lung einordnen konnte.

Doch Antonia sammelte nicht nur Harz. Auch Wald-
erdbeeren brachte sie von ihren Ausflügen mit, Himbeeren und Holunderblüten, aus denen ihre Mutter

köstlichen Sirup kochte, der mit Flusswasser verlängert wurde und bestens den Durst löschte.

Und eben dieser große Fluss unten im Tal war der Lieblingsort des jüngsten der drei De-Boer-Kinder. So oft es ging, durchstreifte Sergio den Wald, der sich östlich von Nevada ausbreitete, und ließ sich am oberen Rand der Felswand nieder, die senkrecht aus dem Brentatal aufsteigt, schaute über den Fluss und lauschte dem Rauschen, mit dem das Wasser der Stadt Bassano del Grappa und der Küstenebene vor Venedig zuströmte. Sergio war schmächtig, blond, zappelig und plapperte in einem fort. Zum Spaß hieß es unter den Schwestern und der Mutter, dass er doppelt so viel wie die anderen rede, weil er nicht nur eine eigene, sondern auch die Stimme seines Vaters mitbekommen habe.

Alle drei jedoch brachten ihre Tage nicht nur mit ihren kindlichen Beschäftigungen zu, ihren Vorlieben und Träumen in jener Unbekümmertheit, wie sie für Menschen diesen Alters überall auf der Welt typisch ist. Nein, sie arbeiteten auch bis zum Umfallen, vor allem auf den Tabakfeldern, zusammen mit den Eltern, denn der Tabak bestimmte das Schicksal der Familie, und dem konnte sich niemand entziehen.

5

Die De Boers lebten so gut es ihnen die Umstände
erlaubten, das hieß, sie schlugen sich irgendwie durch,
wie alle Bergbauern der Gegend in jenen Jahren, ja, im
Grunde zu allen Zeiten.

Sowohl im Tal der Brenta als auch oberhalb der Steil-
wände, die den Fluss im Osten und Westen begrenzten,
also der Hochebene von Asiago auf der einen und der
Gegend um den Monte Grappa auf der anderen Seite,
hatten in den zurückliegenden Jahrzehnten Hunderte
von Familien ihre Heimat für immer verlassen und ihr
Glück andernorts, vielfach sogar in der Neuen Welt jenseits des Ozeans gesucht.

Die De Boers hingegen waren geblieben, hatten für
verschiedene Könige Tabak angebaut und weiterhin
Armut und Entbehrungen getrotzt. Der *Nostrano del Brenta*
war ein hochgeschätzter Tabak, der als Rauch-, Kau- und
Schnupftabak in den Sorten Cuchetto, Avanetta, Avanone
und Campesano angebaut wurde. Um ein gutes Produkt zu
erhalten, war viel Arbeit vonnöten, handelte es sich doch
um ein langwieriges, empfindliches Verfahren, bei dem
der kleinste Fehler die gesamte Ernte gefährden konnte.
Was für die Bauern hieß, dass sie hungern würden.

Nach dem stets harten Winter begann Ende Februar
die Arbeit. Nun galt es, die Terrassen für das Umgraben
vorzubereiten. Mit Hacken ausgerüstet, machten sich

Augusto und Agnese, Jole, Antonia und Sergio daran, Unkräuter zu jäten und in Haufen zu sammeln sowie Mist auf den Feldern zu verteilen. Anfang März hoben sie mit dem Spaten Furchen aus, wobei die Erde immer zum Hang hin abgelegt wurde, damit angesichts der geneigten Terrassen die Trockenmauern nicht zusätzlich belastet wurden und einbrachen. Dieses erste Umgraben sollte die Bodenstruktur verbessern.

Danach durchzogen Furchen wie Bahngleise die Terrassen. Das eigentliche Umgraben begann dann Mitte Mai und musste schnell von der Hand gehen. Diese Aufgabe war Augusto vorbehalten, da sie von allen Arbeitsgängen der härteste war. Auf den schmalen, abschüssigen Terrassen konnte man schwerlich einen Pflug einsetzen, sondern musste die Erde allein mit der Kraft der Arme für die Pflanzung vorbereiten. Meisterlich geführt von der Hand des Familienoberhaupts, wendete und glättete der Spaten Erdscholle um Erdscholle.

Der so planierte Boden war dann bereit, die vielen kleinen Tabakpflanzen aufzunehmen. Während Augusto die Felder umgrub, hatten Agnese und die Kinder damit zu tun, diese Pflänzchen in eigens angelegten wind- und sonnengeschützten Saatbeeten vorzuziehen. Das dazu benötigte Saatgut erhielten sie von einem Angestellten des Staatlichen Tabakmonopols *Regia dei Tabacchi*, der jedes Jahr um diese Zeit in Nevada eintraf und der Familie De Boer fünfzehntausend Samen für die Saatbeete

aushändigte, eine Menge, die er mit einem fingerhut-
großen Becher abmaß.

Am Gründonnerstag ging Agnese alljährlich zum
Fluss hinunter, wusch sich dort zum Zeichen der Buße
und der Läuterung das Gesicht und brachte zwei Eimer
Wasser mit zurück, um jedes neue Tabakpflänzchen mit
ein paar Tropfen davon zu versorgen. In den ersten
Junitagen konnte dann mit dem Auspflanzen begonnen
werden. Mit einem Kreuz markierte Augusto die Stellen,
und wo sich die Linien trafen, setzten Agnese und ihre
Kinder die inzwischen zehn Finger hohen Pflanzen ein
und gossen sie mit dem von der Brenta heraufgeschlepp-
ten Wasser. War der Tabak drei Spannen hoch gewachsen, düngten Augusto und Agnese ihn mit Jauche aus
den Latrinen, jäteten das Unkraut, das sich mittlerweile
ausgebreitet hatte, und lasen die Insekten ab, die den
Tabak befielen. Jede Pflanze, die dennoch nicht zu retten
war, wurde durch eine neue ersetzt und musste, wenn sie
gar nicht mehr zu verwenden war, vor den Augen eines
Beauftragten der Staatlichen Tabakgesellschaft vernich-
tet werden.

Aber bis zur Ernte war es noch lange hin.

Wenn die Tabakpflanzen etwa die Höhe von Augustos
Hüfte erreicht hatten, wurden sie gestutzt. Das war Joles
Aufgabe: Zunächst schnitt sie den oberen Teil jeder
Pflanze ab, damit sich die unteren Blätter besser entwi-
ckeln konnten. Danach galt es, die Pflanzen gut im Auge

zu behalten, denn nun würden sie innerhalb weniger Tage austreiben, und auch diese Triebe waren sofort zu entfernen. Eine eintönige Arbeit, die Augusto gern Antonia und Jole überließ. Als Nächstes hieß es, die unteren, minderwertigen Blätter der Tabakpflanzen zu entfernen, und zwar noch bevor die Inspektoren des Königlichen Tabakmonopols ein weiteres Mal zur Kontrolle erschienen. Schließlich wartete man auf den September, wenn der Tabak langsam reif wurde. War der richtige Zeitpunkt gekommen, begann die Ernte. Die ganze Familie war dabei, brach die Blätter von den Stielen und legte sie am Feldrand ab. Augusto und Agnese war es anschließend vorbehalten, die Ernte sorgfältig im Stall einzulagern und senkrecht zu schichten, also immer mit den Spitzen nach oben und den Blattrippen nach außen. Einige Tage lang vergilbte, also fermentierte der Tabak auf diese Weise, eine unerlässliche Voraussetzung für ein aromatisches Produkt.

Von der ganzen Familie war Augusto der Einzige, der beurteilen konnte, wie weit die Vergilbung fortgeschritten war und ob sie den gewünschten Grad schon erreicht hatte. Jedes einzelne Blatt nahm er zur Hand, legte jene zur Seite, die noch nicht so weit waren, und sortierte die anderen nach ihrer Größe. Immer wieder musste er prüfen, ob die Fermentierung wunschgemäß verlief und keine Blätter verdarben oder faulten. In diesen Tagen herrschte eine gespannte Atmosphäre im Stall, und das nicht nur wegen der stickigen Tabakdünste, denn an Augustos Miene ließ sich bereits erraten, ob die Tabakqualität zufriedenstellend oder der ganze Jahrgang zu vergessen war. Und so lebten die De Boers in diesen Tagen in Erwartung eines Zeichens ihres Familienoberhaupts. War es dann so weit, machten sich wieder alle an die Arbeit und schafften die Blätter auf den Dachboden, wo sie an den sogenannten *smussi*, den langen Stangen von Holzgestellen also, zum Trocknen aufgehängt wurden. Nach zwei Wochen wendete Augusto die Blätter, indem er kurzerhand die ganze Stange umdrehte.

Der letzte Durchgang war der einfachste. Zu diesem Zeitpunkt hatte Augusto schon erkannt, ob es ein gutes Tabakjahr war, und gönnte sich noch ein paar Tage Erholung, bevor er und seine Familie sich daranmachten, die getrockneten Tabakblätter nach Größe und Qualität zu sortieren, sie in Bündel zu je fünfzig Blatt zusammenzufassen und mit einem Bindfaden, zuweilen auch Lindenbast, zu umwickeln. Innerhalb weniger Tage waren die Bündel fertig für den Abtransport zur Staatlichen Tabakgesellschaft. Den letzten Arbeitsgang im Freien erledigte der kleine Sergio, und zwar bestand der darin, die auf den Terrassen zurückgebliebenen Pflanzenstängel zu entfernen. Der Junge zog sie heraus, schlug sie heftig gegeneinander, um die Erde abzuschütteln, und legte sie zu Garben zusammen, die im nächsten Frühjahr verbrannt würden.

6

Nach den Anstrengungen während der schönen Jahreszeiten verlief das Familienleben in den kalten Monaten ruhiger und gemächlicher. Je näher der Winter rückte, desto mehr verlangsamten sich die Abläufe innerhalb und außerhalb des Hauses. Alle Geräusche klangen gedämpfter oder verstummten gar für ganze Tage. Im Leben der Familie De Boer häuften sich die Stunden, in denen nichts geschah – Stunden, die geprägt waren von Enge und Langeweile. Von Dezember bis Februar schienen die Kälte und die lange Dunkelheit kein Ende nehmen zu wollen. Die De Boers lebten nun zurückgezogen in einer fast klosterartigen Gemeinschaft, deren Tagesablauf von den Mahlzeiten bestimmt wurde, den Hausarbeiten sowie jenen Notwendigkeiten, die ihnen die bäuerliche Welt und die Armut mit ihren unumstößlichen Regeln auferlegten.

Um die Weihnachtszeit des Jahres 1888 waren Jole und die kleine Antonia morgens in der Küche beisammen, in der es nach gekochtem Gemüse und Getreide roch. Augusto war in den Stall hinübergegangen und kümmerte sich um das Vieh; bei ihm war Sergio, der damals gerade zwei Jahre alt war. Agnese hingegen war im Freien beschäftigt und schaufelte Schnee, der bereits in der Nacht zu fallen begonnen hatte. Um sich aufzuwärmen, stellte sich Antonia ein paar Minuten lang an den gusseisernen Ofen, lief zum Fenster, das zum Hof hinausging, stieg auf einen Stuhl und machte es sich auf der Fensterbank bequem, um ihrer Mutter durch die dick beschlagene Scheibe bei der Arbeit zuzusehen.

Agnese rackerte unermüdlich. Obwohl es weiter heftig schneite, schaufelte sie nicht nur den Weg zum Haus frei, sondern auch den Zugang zum Stall mit dem Heuschober und zum Gemüsegarten, in dem es jetzt im Winter allerdings nichts mehr zu ernten gab.

Schneebedeckt war die gesamte Landschaft ringsumher oder zumindest jener Ausschnitt, der trotz der schweren, tiefhängenden Wolken davon zu erkennen war. Eine Atmosphäre friedlicher Stille, aber auch eines vagen Verlorenseins, hüllte alles ein.

»Los, Antonia, komm mal her!«, rief Jole an die kleine Schwester gewandt, während sie zwei Eier und eine Schüssel aus dem schief an der Wand hängenden Regal nahm. »Jetzt hilf mir mal, die Gerstensuppe ist fast fertig.«

Gewandt wie eine Katze kletterte Antonia von der Fensterbank und dann vom Stuhl hinunter und hüpfte zu ihrer Schwester.

»Was soll ich denn machen?«

»Ich schlage die Eier mit Milch auf, und du rührst weiter in der Suppe.«

Seit über drei Stunden passte Jole auf den Topf auf, schob ihn, damit die Suppe ständig nur leicht köchelte, in einem fort auf der gusseisernen Herdplatte hin und her und legte immer mal wieder mittelgroße Buchenholzscheite ins Feuer. Als ihre Mutter am Morgen zum Schneeschaufeln hinausgegangen war, hatte sie die Aufgabe übernommen, diese Gerstensuppe zu kochen, von der die De Boers die nächsten zwei Tage zu Mittag und zu Abend essen würden. Schon am Vorabend, als es am Himmel bereits nach Schnee ausgesehen hatte, ohne dass Flocken gefallen waren, hatte Agnese das Getreide eingeweicht, alles Weitere dann der älteren Tochter überlassen, die zwar erst zehn war, sich in der Küche aber bereits recht geschickt anstellte.

Und so hatte Jole einen ganzen Haufen der verschiedenen Gemüse geschnippelt, die Augusto seit Ende des Sommers in der *giazèra*, einer im Erdreich angelegten Kühlkammer, nach und nach eingelagert hatte, und dann mit der Gerste langsam zum Kochen gebracht, und zwar ohne auch nur das dünnste Scheibchen Speckschwarte hinzuzufügen, denn es war noch Advent und damit für Agnese eine Fastenzeit, in der die Enthaltsamkeitsregeln zu beachten waren.

»Mmh, fein!«, rief Antonia, als sie den Topf aufdeckte und die Nase mit geschlossenen Augen in den zur Küchendecke aufsteigenden Dampf steckte.

Jole lächelte, während sie weiter Eier und Milch in der Holzschüssel zu einem weißlichen, leicht breiigen Gemisch verrührte.

»Jetzt gib ein wenig Suppe in meinen Teller«, forderte sie schließlich die kleine Schwester auf.

»Warum gießt du denn nicht die ganze Creme in die Suppe?«

»Das geht nicht, sonst wird sie klumpig wie Ricotta, sagt die Mama. Man muss sie nach und nach zu der Suppe tun.«

So begannen sie auch, aber schon nach dem ersten Teller nahm Jole das Gemisch aus Milch und Eiern, goss die gesamte Einlage in den Suppentopf und rührte sie kräftig um. In kürzester Zeit war die Suppe fertig, und die beiden Mädchen kosteten mit dem Holzlöffel davon.

»Schmeckt gut«, meinte die Ältere.

»Sehr gut sogar«, schloss sich die Jüngere an.

Sie schauten sich an und lächelten zufrieden in dem Bewusstsein, nun ein weiteres kleines Geheimnis zu teilen. Und dann lachten sie los wie Komplizen, die sich freuen, nicht erwischt worden zu sein.

In diesem Moment betrat ihre Mutter, von Schneeflocken bedeckt und dennoch schweißgebadet, die Küche. Sie nahm das Kopftuch ab und legte die Hände an den Ofen.

»Der erste Schnee hat auch immer was Gutes«, sagte sie, »man kann Spuren erkennen und weiß, ob jetzt Wölfe umherstreifen. Trotzdem habe ich lieber alles freigemacht, sonst kommen wir am Ende nicht mehr aus der Tür.«

Jole nickte, nahm den Topf vom Herd, stellte fünf Teller auf den Tisch, legte einen großen Kanten trockenes

Brot dazu und verkündete stolz: »Das Essen ist fertig, Mama.«

Agnese schwieg einen Moment, um zu verschnaufen, schaute dann ihre beiden Töchter an, während ihr gerötetes Gesicht zu einem beglückten Lächeln erstrahlte.

»Mama mia, wie das duftet! Was seid ihr beide für tüchtige Hausfrauen … Gut gemacht, Jole, und du auch, Antonietta. Gott segne euch, meine Kinder.«

Alle drei lächelten.

Kurz darauf trat auch Augusto ein, mit Sergio, der auf seinem Rücken ritt.

Ohne ein Wort nahmen sie Platz und sprachen das Tischgebet, beugten sich über ihre Suppe und aßen mit großem Genuss, während draußen der Winterwind heulte und weiteren Schnee brachte, weiß und blendend hell, und das an diesem Tag, an Santa Lucia, der bei den Gebirgsbauern als der kürzeste und dunkelste des ganzen Jahres galt.

So verliefen die Tage, und so würden sie sich noch weiter hinziehen, bis endlich das nächste Frühjahr kam. Gleichförmig wie die unabänderliche Aufeinanderfolge der Heiligen im Kirchenjahr.

7

Jedes Jahr wieder hieß es: viel arbeiten für wenig Ertrag. Anfang Oktober kamen die Inspektoren der *Regia dei Tabacchi* ein letztes Mal vorbei, holten die Tabakblätter ab und entlohnten die De Boers mit einer Summe, die gerade so ausreichte, um fünf Mäuler ein ganzes Jahr lang zu stopfen.

Es war Ausbeutung, ohne Wenn und Aber. Doch sich dagegen aufzulehnen war unmöglich. Also hieß es, sich etwas einfallen zu lassen, um über die Runden zu kommen. Und dieses Etwas hatte einen festen Namen: Schmuggel.

In den vom Tabakmonopol auferlegten Beschränkungen sahen alle Bauern eine unrechtmäßige Einmischung des Staates in das Privatleben der Familien, eine Art Raub, wenn nicht gar eine Form der Sklaverei. Gegen seine Gesetze zu verstoßen und ihn zu hintergehen war daher eine pure Notwendigkeit.

Auch wer Tabak schmuggelte, wurde nicht reich, lebte aber immerhin weniger ärmlich. Es war so ähnlich, wie heimlich Grappa zu brennen oder zu wildern, mehrere Schweine zu schlachten und nur eins anzugeben, ein Kalb zu töten und zu verkaufen, ohne die Gebühren an die königlichen Behörden zu entrichten. Kleine Notlösungen, um sich ein wenig würdevoller durchzuschlagen.

In jenen Jahren zu Ende des 19. Jahrhunderts konnte ein Bauer, wenn er es geschickt anstellte und Mumm besaß, jedes Jahr einige Kilo Tabak vor den Behörden verstecken.

Und Augusto war sehr gewitzt und sehr mutig. Dreimal im Verlaufe der Saison gelang es ihm, die staatlichen Inspektoren hinters Licht zu führen: Zunächst wenn er Sprösslinge heranzog und heimlich weiter kultivierte, die eigentlich nur dazu vorgesehen waren, nicht angewachsene oder aus anderen Gründen nicht brauchbare Pflanzen zu ersetzen; dann, wenn er vor einem Kontrollgang der Inspektoren die unteren Blätter der Tabakpflanzen verschwinden ließ; und schließlich wenn er die Trocknung eines Teils des *fior*, wie man die obersten, wertvollsten Blätter nannte, beschleunigte. Das ging am besten, wenn man den *manego*, also die zentralen Blattrippen, mit einer Rolle oder einem Holzhammer zertrümmerte und zusammenpresste. Die so bearbeiteten Blätter wurden dann zum Trocknen in die Sonne gehängt, an unzugänglichen Orten, die auch den Ferngläsern der Gendarmen von der *Guardia di Finanza* verborgen blieben, die die Steilhänge rechts der Brenta nach illegalem Tabakanbau absuchten.

Für den Tabak, den er abzweigen konnte, besaß Augusto zahlreiche Verstecke, natürliche Hohlräume im Fels, Tierbaue oder Gruben, die er eigenhändig aushob. Insgesamt waren es mindestens ein Dutzend Verstecke, die er auf den Feldern und in den Wäldern rings um Nevada in den letzten Jahren angelegt hatte, genauer, seitdem der Hunger den De Boers noch stärker zusetzte als zuvor.

Dabei war Augusto nicht der einzige Bauer dort oben in den Bergen, der Tabakschmuggel betrieb. Mindestens zwei oder drei weitere Männer im Umkreis trotzten den strengen Kontrollen der Finanzgendarmen und transportierten über eigentlich unbegehbare Pfade und Übergänge Tabak zu Tal. Zuweilen büßten sie dabei das Schmuggelgut ein: Um schneller fliehen zu können und nicht von Gewehrkugeln erwischt zu werden oder im Gefängnis zu landen, mussten sie manchmal die Ladung zurücklassen. Außerdem kam es vor, dass jemand auf diese Weise nicht nur die wertvolle Fracht, sondern auch sein Leben verlor, weil er bei der Flucht Hals über Kopf in einen Abgrund stürzte.

In manchen Familien hatte das Schmuggeln eine lange Tradition, die schon unter den österreichischen Kaisern begründet worden war und unter den italienischen Königen fortgesetzt wurde. Augusto konnte weder der einen noch der anderen Herrschaft etwas Positives abgewinnen.

Den Österreichern nicht, weil sie das Veneto erst ausgebeutet und dann verlassen hatten. Den Italienern nicht, weil sie die Region an sich gerissen und gleich ins Joch der Savoyer gespannt hatten und darüber hinaus dem Volk alle Freiheiten vorenthielten und ihm den Tabak nahmen. Die österreichischen und italienischen Herrscher waren in seinen Augen gleichermaßen verderbt: Weder Kaiser Franz Josef I. noch König Vittorio Emanuele II. hatten sich jemals darum gekümmert, dass die Bergbauern nicht hungerten oder Not litten. Aus genau diesem Grunde fühlte Augusto sich als Mann ohne Vaterland.

Mit den Jahren hatte Augusto De Boer den Weg verlassen, den die Schmuggler üblicherweise beschritten: Er war nicht mehr bereit gewesen, sein Leben aufs Spiel zu setzen, nur um ein wenig Tabak ins Tal hinunterzubringen und dort gegen Mehl oder andere Nahrungsmittel einzutauschen. Er hatte einen anderen Plan, dessen Verwirklichung noch riskanter, dafür auch sehr viel einträglicher als die bisherigen Methoden war.

Als Junge war er mit seinem Großvater, einem Fuhrmann, weit im Norden, im Primörtal gewesen und hatte mit eigenen Augen gesehen, dass es dort Kupfer-, Eisen- und sogar Silberminen gab.

Und ebenfalls in Begleitung seines Großvaters, der Märkte und Dorffeste besucht hatte, war er südlich bis nach Bassano, ja, sogar bis Cittadella gelangt, wo die Kesselmacher, wie er wusste, immer nach preiswertem Kupfer Ausschau hielten, mit dem sie ihre Töpfe und alle möglichen anderen Gerätschaften herstellen oder verzieren konnten.

Und so plante Augusto De Boer, Tabak über die österreichische Grenze zu schmuggeln und den Minenarbeitern im Primörtal zu bringen. Mit anderen Worten: Er wollte Tabak gegen Metalle, vor allem Kupfer und Silber, tauschen. Denn er hatte festgestellt, dass Männer, egal wo, für eine Handvoll erstklassigen Tabak jeden Preis zu zahlen bereit waren, und auf Minenarbeiter traf das noch mehr als auf andere zu. Und mit diesem Edelmetall würde er in die Ebenen weiter im Süden ziehen und es gegen Vieh und Lebensmittel eintauschen.

Gegen Ende des Sommers 1889 machte er sich auf den Weg.

Er war damals siebenunddreißig Jahre alt, und seine Kinder waren elf, sechs und drei. Er wusste, wie gefährlich dieses Abenteuer war, auf das er sich einließ, doch er trotzte allen Gefahren, den Gendarmen, dem unwegsamen Gelände, der Cholera und den Pocken, die häufig das Primörtal mit ihrem teuflischen Hauch heimsuchten, dem Kerker und vor allem dem Tod.

Aber der Ruf der Grenze, die es zu überwinden galt, war stärker als alles andere.

Schließlich stand das Überleben seiner Familie auf dem Spiel.

8

Im Jahr 1894 konnte Augusto De Boer von sich sagen, diesen Weg bereits viermal auf sich genommen zu haben, jeweils im Herbst. Die Gefahren waren dadurch nicht geringer geworden, ganz im Gegenteil. Die italienischen Finanzgendarmen auf der einen und die österreichische Zollwache auf der anderen Seite hatten ihre Kontrollen verstärkt, und so war die Überschreitung der Grenze immer abenteuerlicher und beschwerlicher geworden. Augusto, der mittlerweile einundvierzig Jahre alt war und dessen Gesicht bereits verwittert und durchfurcht wie der Stamm einer alten Eiche aussah, hatte neue Pfade gespurt und Verstecke angelegt, wie ein einsamer Wolf, den die Jäger erbarmungslos hetzen und dem es trotz allem gelingt, immer wieder seine Haut zu retten. Er war sich bewusst, mittlerweile Instinkte entwickelt zu haben, die ihm in der alpinen Wildnis einen entscheidenden Vorteil gegenüber seinen Verfolgern verschafften. Er spürte keine Angst mehr, sondern hatte im Gegenteil ein subtiles Vergnügen daran, die bewaffnete Staatsmacht mit ihren ungerechten Gesetzen und willkürlichen Grenzen an der Nase herumzuführen.

Aus Liebe zu seiner Familie nahm er den Kampf gegen sie jedes Mal wieder auf.

9

»Dieses Jahr kommt Jole mit«, sagte Augusto eines Abends im Sommer.

Er hatte soeben seinen Teller Bohnensuppe geleert, stand vom Tisch auf und setzte sich draußen auf die Steinstufen vor dem Eingang, von denen der Blick über eine Wiese, den sich anschließenden Gemüsegarten und die Tabakterrassen bis weit in die Ferne ging, bis zum Gipfel des Monte Grappa jenseits des Brentatals. Auf der gegenüberliegenden Seite ging die Sonne unter und tauchte die Wälder in ein weiches, rosa- und ockerfarbenes Licht, das jene Orte, die eigentlich wild und unzugänglich waren, sanft und einladend wirken ließ. Nachdem er seinen Entschluss ausgesprochen hatte, spröde und trocken wie die Rinde eines alten Kastanienbaums, griff er zu einem Priem Tabak, steckte ihn in den Mund und begann, prüfend darauf herumzukauen, ähnlich einer Kuh, die auf einer grünen Weide von den frischen Blumen kostet. Sein dichter Schnurrbart, in dem sich schon hier und da ein graues Haar zeigte, bewegte sich heftig, und seine Gestalt wirkte winzig neben der großen *meléster*, die vor vielen Jahren hier angepflanzt worden war. Mit ihren rötlich-orangefarbenen Beeren lockte sie jedes Jahr im September Scharen von Rotkehlchen und Meisen an.

Während er kauend dasaß, war sein Blick unentwegt auf die Berggipfel gerichtet. Zwischen diesen Gipfeln und seinem Standort erstreckten sich die vielen kleinen Tabakterrassen, ein grüner Teppich abweisender, finsterer Wälder, steile Abhänge und Felswände. Dort, wo das Gras dichter war, begannen die ersten Glühwürmchen aufzusteigen, die nach Sonnenuntergang ein zweites Firmament bilden würden, sehr zur Freude von Sergio, der ihnen jeden Abend jauchzend nachjagte und sie, manchmal mit Antonias Hilfe, zu fangen versuchte. Aus dem Eichenwald drang der gleichförmige Ruf eines Uhus, gefolgt vom fernen Heulen einiger Wölfe, zu ihm herüber.

Dann wurde es still.

10

Agnese war mit den Kindern im Haus zurückgeblieben. Die Ankündigung ihres Mannes hatte sie so nervös gemacht, dass ihr die Suppenkelle mehrmals aus der Hand fiel. Dabei wusste sie, dass sie wenig tun konnte, um ihn von seinem Vorhaben abzubringen. Antonia hob den Löffel wieder vom Boden auf, lächelte ihre Mutter etwas gequält mit unsicherer Miene an und half ihr, die Holzteller, aus denen sie die Suppe gegessen hatten, in dem großen Bottich abzuspülen. Sergio hatte nichts mitbekommen: Als sein Vater den Satz fallen ließ, hatte er mit offenen Augen geträumt und sich vorgestellt, er fliege über das Brentatal und könne unter sich die exakte Form des Flusses sehen. Wie eine Schlange müsste er aussehen, dachte er, vielleicht wie diese lange, grüne Bachennatter, die sein Vater drei Tage zuvor im Stall erwischt hatte.

»Dieses Jahr kommt Jole mit«, hatte Augusto verkündet, ohne dass jemand darauf gefasst gewesen wäre und ohne dass jemand etwas hätte erwidern können. Einen ganzen Tag lang hatte er geschwiegen, bevor ihm dieser Satz über die Lippen kam, und niemand konnte vorhersagen, wann er den Mund das nächste Mal aufmachen würde.

Agnese bedeutete Antonia, sich um Sergio zu kümmern und ihn in die Kammer zu bringen. Sie gab es ihr mit einer Handbewegung zu verstehen sowie mit einem Blick, der ernst war und besorgt. Die beiden verschwanden, und auch Jole stand auf, um die Küche zu verlassen, doch ihre Mutter hielt sie zurück.

»Jole!«, sagte sie und packte die Tochter am Arm.

Die wand sich ein wenig in ihrem festen Griff, blieb aber stehen, um sich als brave Tochter anzuhören, was ihre Mutter zu sagen hatte.

»Dass ich mit ihm spreche, hat keinen Sinn. Er würde nicht auf mich hören …«, begann Agnese. »So wie in einem Hirschrudel immer der älteste Hirschbulle das Sagen hat, entscheidet bei uns im Haus nur er allein … So ist die Natur eben eingerichtet.«

Jole merkte, dass die Stimme ihrer Mutter ein wenig zitterte, und wagte es nicht, ihr in die Augen zu sehen. Sie fürchtete, dort eine Träne zu entdecken, und wollte sie nicht in Verlegenheit bringen – und sich selbst nicht. So hielt sie den Blick fest auf die Wand gerichtet und hörte weiter zu.

»Du kannst mit ihm sprechen. Versuch es, bitte. Sag ihm, dass du nicht mitkommen willst, dass es noch zu früh für dich ist, dass du fast noch ein Kind bist. Dass es Männersache ist, was er da tut. Sag ihm das, versuch es!«

Jetzt fand Jole den Mut, der Mutter den Blick zuzuwenden, und in deren hellen Augen erkannte sie den Kummer, der ihr das Herz schwer machte.

»Mama«, begann sie, »aber eigentlich ist es so, dass ich …«

»Dass du …?«

»Dass ich mitkommen will, Mama! Ja, ich will mit ihm gehen.«

»Aber Kind, was redest du da?«

»Ich habe nur darauf gewartet, dass er das sagt. Dass er mich mitnehmen will. Ich bin kein Kind mehr.«

»Du bist gerade mal sechzehn, du bist … du bist …«

»Ich bin stark … Ja, das bin ich. Und bei Vater bin ich sicher. Er würde mich nicht mitnehmen, wenn er nicht wüsste, dass es geht, dass er mich beschützen kann. Ich vertraue ihm!«

»Das tun wir alle. Doch darum geht es nicht. Es geht darum, dass … dass …«

Da umarmte Jole sie, bevor ihre Mutter den Satz zu Ende bringen konnte, drückte sie fest und sagte: »Ich gehe mit ihm, Mama.«

Agnese begriff, dass es aussichtslos war, sie umstimmen zu wollen, und so blieb ihr nichts anderes übrig, als sich dieser Umarmung hinzugeben und ihre Tochter noch fester an sich zu drücken und den Tränen freien Lauf zu lassen, die niemand auf der Welt sehen würde.

11

Wenige Minuten später trat Jole aus dem Haus und setzte sich zu ihrem Vater auf die Steinstufen. Sie lächelte ihn an und klammerte sich an seinen Arm, wie an ein Seil, das man einem Holzfäller zugeworfen hat, der in einen Abgrund gestürzt ist.

»Ich freue mich so sehr darauf, Papa.«

Augusto schloss die Augen, um noch intensiver den Tabak zu genießen, den er pausenlos zwischen Zunge, Zähnen und Gaumen hin und her wandern ließ, und in diesem Moment erreichte das Rauschen der Brenta unten im Tal sein Ohr: ein schwaches, aber stetiges Geräusch, das von den Steinen und Felsen, an denen sich das Wasser brach, bis hinauf nach Nevada drang.

12

Drei Monate später war es endlich so weit.

Jole war aufgeregt, und um sich abzulenken, spielte sie am Abend, bevor sie aufbrachen, ausdauernd mit Sergio. Mit ihren Taschenmessern schnitzten sie gemeinsam aus einem schmalen Klotz Fichtenholz mehrere Pferdchen. In Gedanken allerdings war Jole schon mitten in dem Abenteuer, das für sie morgen beginnen würde. Zwar wusste sie, dass die Reise gefährlich würde, genauso sicher wusste sie jedoch, dass ihr an der Seite ihres Vaters nichts Schlimmes passieren konnte. Es würde bestimmt das größte und bedeutendste Erlebnis ihres bisherigen Lebens.

Klaglos hatte Agnese die Entscheidung ihres Mannes nicht hingenommen. Sie hatte versucht, erst ihre Tochter umzustimmen, und dann, auf etwas vorsichtigere Weise, Augusto. Aber all ihre Warnungen hatten nichts bewirkt.

»Jemand muss es von mir lernen«, hatte Augusto trocken erwidert.

Schließlich kam der Tag des Aufbruchs.

Schon eine Woche zuvor hatte Augusto damit begonnen, alles Notwendige vorzubereiten. Eines nach dem anderen, in aller Ruhe, ohne etwas dem Zufall zu überlassen. Er hatte die genauen Tabakmengen berechnet und abgewogen, die aus seinen vielen, hier und dort verstreuten Verstecken mitzunehmen waren, hatte sich um Wasser gekümmert, alle Beutel und Behälter bestückt und gefüllt, in denen er den Tabak unterwegs verstecken wollte, hatte dem Maulesel mehr Futter als gewöhnlich gegeben und ihn länger ausruhen lassen, hatte Proviant zusammengestellt, verschiedene Käselaibe – Morlacco, Bastardo und sehr reifen Allevo d'alpeggio – und dazu Salami und Speck; getrocknete Lamon-Bohnen füllte er in Beutel und Kartoffeln in Jutesäcke, packte auch eine große Flasche Grappa ein, richtete seine Stiefel und die seiner Tochter her, legte zwei dicke Decken zurecht, zwei Rucksäcke, eine Anzahl Seile, eine große hölzerne Trinkflasche, ein Tuch aus grobem Sackleinen, eine Laterne sowie ein Heiligenbildchen, das den heiligen Martin zeigte.

Schließlich ging er noch in den Stall, öffnete eine alte Kiste aus Eichenholz und betrachtete die beiden Werndl-Holub, zwei sehr gute österreichische Gewehre, die er bei sich Sankt Petrus und Sankt Paulus nannte und die er im Vorjahr in Bassano gegen eine ansehnliche Menge Silber getauscht hatte.

13

Es war noch tiefste Nacht, genauer zwei Uhr am Montag, den 29. September 1894, als Augusto De Boer und seine Tochter sich auf den Weg machten.

Jole schlug das Herz bis zum Hals, so aufgeregt war sie. Ihre Hände waren kalt und schweißnass und bewegten sich fahrig.

Aufgestanden war sie erst eine halbe Stunde vor dem Aufbruch, aber sie hatte die ganze Nacht kein Auge zugetan, sondern dagelegen und den Stimmen und Geräuschen der wilden Tiere gelauscht und sich dabei vorzustellen versucht, was in den nächsten Tagen dort draußen, jenseits dieser Berge, die bislang ihre Welt begrenzt hatten, auf sie zukommen werde.

Ihr Vater war zum Aufbruch bereit und wartete im Stall auf sie, einem Nebengebäude aus Bruchsteinen und alten Brettern, die im oberen Teil, der als Heuschober diente, mit Moos und Unkraut bewachsen waren.

Einige Jahre zuvor war in einer Ecke auf dem Dach ein wildes Schlehenbäumchen gesprossen, das sich wahrscheinlich aus einem Kern entwickelt hatte, der einem Rotschwänzchen aus dem Schnabel gefallen war. Augusto hatte beschlossen, das Bäumchen dort zu belassen, denn ihm gefiel die Vorstellung, dass auf seinem Stalldach ein Obstbaum wuchs. Er meinte, es bringe Glück, wenn man den Vögeln auf diese Weise Futter bot. Im April spross an seinen Zweigen ein Meer schneeweißer Blüten, die bis September zu unzähligen violetten Beeren heranreiften, auf die sich Amseln, Drosseln und Meisen stürzten. Augusto unterband, dass seine Kinder die Beeren ernteten, betrachtete er sie doch als eine Gabe für die Vögel des Waldes, als eine Art Ausgleich und Akt brüderlicher Solidarität zwischen stets gefährdeten Geschöpfen.

In der Küche warteten Agnese und Antonia auf Jole, hatten indes keine Kerze angezündet, damit niemand aus der Ferne auf das nächtliche Treiben im Haus aufmerksam wurde. Sergio bekam von alldem gar nichts mit und schlief friedlich weiter. Agnese hatte ihrer Tochter noch eine Tasse Milch aufgewärmt und reichte sie ihr jetzt. Jole trank nippend, mit kleinen Schlucken, und überlegte dabei, wie lange sie wohl auf solche Wohltaten verzichten musste.

Sofern alles nach den Plänen ihres Vaters verlief, würden sie in drei, höchstens vier Tagen wieder zu Hause sein. Aber sie ahnte, dass diese wenigen Tage ihr am Ende unendlich viel länger vorkommen würden.

Sie zog die schweren Kleidungsstücke über, in denen an allen möglichen Stellen Tabakbunde verborgen waren, stieg in die Stiefel, band sich das Haar mit einer dicken Hanfschnur zusammen, setzte den Rucksack auf und trat ins Freie hinaus. Im Eingang nahmen Mutter und Schwester sie noch einmal schweigend in den Arm. Sie gab sich einen Ruck, löste sich und bewegte sich dorthin, wo ihr Vater wartete.

Zwanzig Schritte waren es bis zum Stall, und tief atmete Jole die kalte, feuchte Nachtluft ein. Der Himmel war leicht verhangen, und der Dunstschleier, der über den Hof zog, brachte die typischen durchdringenden Gerüche dieser Frühherbstnächte mit sich: Es roch nach nebelfeuchtem Moos, nach den Körpersäften der Wildtiere, deren Fell sich jetzt wandelte, nach fauligen Pilzen und überreifen Waldbeeren. Und dann war da noch der süßliche Duft später Blüten.

Augusto hatte Ettore, wie Jole den Maulesel getauft hatte, bereits das Zaumzeug angelegt und ihn mit ihrer ganzen Fracht beladen, und das war vor allem weiterer Tabak, neben jenem, den Vater und Tochter am Leibe trugen, verborgen im Schuhwerk und unter Knöchel-stützen, eingenäht in unzählige Innentaschen, Vertie-fungen und Fächer, also unsichtbar, falls sie durchsucht würden.

In diesem Jahr war die Ernte ausgezeichnet gewesen, und Augusto hatte es geschafft, fast hundert Kilo an dem langen Arm der *Regia dei Tabacchi* vorbei zur Seite zu schaffen. Gepresste Blätter, Feinschnitt, Schnupftabak. Für jede Vorliebe, für jedes Laster etwas.

Die Blicke von Vater und Tochter kreuzten sich, sie bemerkten es, weil in dem dunklen Stall das Weiß ihrer Augen ein wenig schimmerte. Die Hühner, die sie ge-stört hatten, gackerten verschlafen in ihrem Gehege, und ein letztes Mal streichelte Jole ihre Kuh Gluditta, wäh-rend sie wartete, dass ihr Vater hinaustrat.

Ihre Hände waren nach wie vor kalt, ihre Bewegun-gen ungelenk. Heftiger als zuvor schlug ihr Herz, und der penetrante Stallgeruch drang ihr in die Nase, als wollte er sich dort festsetzen und mit ihrem Atem vermischen, um sie hinauszubegleiten und die ganze Reise über nicht mehr zu verlassen.

»Auf geht's«, sagte Augusto schließlich, hängte sich sein Gewehr, die geladene Sankt Petrus, über die Schulter neben den Rucksack und hob die Stange an, mit der das Stalltor verschlossen war. Langsam verließen sie den Hof, zunächst am Gemüsegarten und dann am Hauseingang entlang, in dem Agnese und Antonia standen. Wie zwei Schatten näherten sie sich, um sich noch einmal von den beiden zu verabschieden. Agnese umarmte ihren Mann und band ihrer ältesten Tochter ein rotes Tuch um den Hals. Antonia gab beiden einen Kuss.

Niemand sprach.

So brachen sie auf. Mit den Zügeln des Lasttiers in der Hand, ging Augusto voran und gab den Weg vor, während Jole ihm mit ein wenig Abstand folgte. Langsam schritten sie aus und entfernten sich in Richtung des steilen Pfades, der unter den Felswänden entlang durch den Wald ins Tal zur Brenta hinunterführte.

Während Antonia rasch ins Haus zurücklief, bevor sie in Tränen ausbrach, fand Agnese den Mut, den beiden lange nachzusehen, bis sie wie Geister erst vom nächtlichen Dunst und dann vom finsteren Laubwald verschluckt wurden.

Jole ist sechzehn, also tatsächlich kein Kind mehr, doch genauso wenig bereits erwachsen, dachte Agnese und betete für sie und für Augusto zur Madonna.

Zur gleichen Zeit griff Jole in eine Jackentasche und holte eines der Pferdchen hervor, die sie am Vorabend mit ihrem kleinen Bruder geschnitzt hatte.

»Jetzt bin ich eine richtige Schmugglerin«, flüsterte sie in das hölzerne Ohr.

Sie drückte das Spielzeug an die Brust und spürte, dass die Angst ein wenig nachließ.

14

Ein wenig Matsch und eine dünne Schicht Tau bedeckten den Pfad. Die Feuchtigkeit der Nacht hatte den Boden aufgeweicht und die Steine glitschig gemacht. Im dichten Wald mussten Jole und ihr Vater bei jedem Schritt aufpassen, dass sie nicht ausrutschten.

Irgendwann schloss Jole ein paar Schritte auf und legte dem Maulesel eine Hand auf den Rücken, um Halt zu finden.

Eine Wanderung mit einem Abstieg zu beginnen, war immer seltsam.

Jole hätte gerne etwas gesagt, ihren Vater vielleicht gefragt, wie lange sie unterwegs sein würden, doch sie schwieg.

In den Wochen zuvor hatte Augusto ihr erklärt, dass sie auf dem Weg nur das Nötigste reden sollten. Überall könnten Gendarmen auf der Lauer liegen, man dürfe sich nie ganz sicher fühlen, auch wenn man glaube, völlig allein zu sein.

Jole hielt sich an Augustos Worte, überlegte bloß, was sie ihn gerne gefragt hätte, und versuchte, sich selbst eine Antwort darauf zu geben.

Obwohl der Weg aufgrund der jähen Abbrüche, die sich ganz plötzlich vor ihnen auftaten, immer schwieriger und tückischer wurde, fand ihr Vater rasch in einen fließenden, ausdauernden Gang.

Mehr und mehr verengte sich der Pfad, bis er nur noch so breit wie der Leib ihres Maulesels war. Mit einem Blick forderte Augusto seine Tochter auf, wieder ihren Platz hinter dem Tier einzunehmen. Obwohl eine unscharfe Mondsichel den Dunstschleier durchdrang und der Welt ein mattes Licht schenkte, war es stockfinster im Wald, doch Augusto, der sie führte, musste sich nicht umschauen, wo es langging. Er konnte sich auf seine Erinnerung verlassen. Schließlich kannte er den Weg in- und auswendig. Er hatte den Pfad selbst als Erster gespurt und ihn in den Jahren immer freigehalten, indem er regelmäßig Sträucher und Gestrüpp beschnitt, die sich jeden Sommer breitmachten, und hier und da einen Baum fällte.

Während sie so dahinwanderten, hörte sie ständig Laute von Tieren, als wollten diese ihre Ankunft vermelden, in einem Reich, das den Menschen eigentlich verschlossen sein sollte.

Jole fröstelte und überlegte, wie anders dieser Wald, den sie ja eigentlich sehr gut kannte, in der Nacht war. Nachts sind alle Wälder unheimlich, sagte sie sich. Aber dieser Laubwald, den sie durchquerten, kam ihr in der Finsternis gänzlich fremd vor. Sie dachte an die Farben, die in den letzten Wochen mit dem Beginn des Herbstes das Bild des Waldes verändert hatten, die Rot-, Gelb- und Ockertöne, die jetzt, wäre die Sonne schon aufgegangen, die Ahorn- und Kastanienbäume, die Buchen und Birken, die Eichen, Erlen und Hainbuchen hätten erstrahlen lassen. Und sie stellte sich die unzähligen Düfte vor, die diese Bäume verströmten, sowie die immer wieder neuen Lichtspiele, wenn sich das Sonnenlicht in ihren Kronen brach. Ob es für dieses Sonnenlicht, das im Wald durchs Geäst einfällt, einen eigenen Namen gibt?, überlegte Jole, die immer das gleichförmige, rhythmische Geräusch ihrer Stiefel auf dem Pfad im Ohr hatte. Und würde man in den großen Städten überhaupt wissen, was damit gemeint war?

Jetzt war es finster. Finster und still.

Mit einem Mal blieb Augusto stehen.

Reglos verharrten sie beide, und Augusto hielt sogar den Atem an. Dann schaute er sich um, und in diesem Moment durchbrach ein Strahl des matten Mondlichts den Dunstschleier und fiel auf sein Gesicht. Jole merkte, wie aufmerksam, wachsam, ja, argwöhnisch sein Blick wurde. Wie der eines Rehs, das Gefahr wittert. Noch genauer versuchte sie seine Miene zu erkennen. Wie in Stein gemeißelt kam sie ihr vor. Und obwohl das Licht sehr schwach war, nahm sie in den zuckenden Bewegungen seiner Augen, während er sich umblickte, etwas Geheimnisvolles, Animalisches wahr, das ihr rätselhaft erschien und fremd.

Ihre Aufregung wuchs.

Nach einigen Augenblicken löste sich die Starre wieder; ohne ein Wort zu verlieren, ging Augusto weiter, hinunter ins Tal, und sie folgte ihm, umgeben von beklemmenden Geräuschen und Stimmen, die von überallher zu kommen schienen: Kreischen und Jaulen, Heulen und Fauchen, Laute, die selbst Ettore derart beunruhigten, dass sich sein Schritt verlangsamte.

15

Im Laufe des Abstiegs rutschte Jole mehrere Male aus und landete einmal sogar auf dem Hosenboden, kam aber sofort, ohne die Hilfe ihres Vaters, wieder auf die Beine. Mehr als eine Stunde, nachdem sie das Haus verlassen hatten, und nach einigen wohlüberlegten Richtungswechseln und überraschenden Abkürzungen, erreichten Vater und Tochter das Brentatal. Von Haselnusssträuchern verborgen, blieben sie stehen, um zu Atem zu kommen, und lauschten dem Wasser, das sich rastlos seinen Weg bahnte, zwischen den Felsblöcken und Steinen im Flussbett, die das Hochwasser drei Jahre zuvor zu Tal befördert hatte: Der Fluss war kaum hundert Schritt entfernt. Unterdessen hatte der Dunst sich fast aufgelöst, sodass man immer klarer den Himmel erkannte, an dem jetzt, neben dem Mond, sogar eine Handvoll Sterne auszumachen waren. Jenseits des Flusses, auf der gegenüberliegenden Uferseite, ragte, beeindruckend hoch und steil, die bewaldete Wand auf, die sich bis zu den Hängen des Monte Grappa hinaufzog.

Augusto blickte über das Wasser, dann hinauf zum Himmel und schließlich zu seiner Tochter.

»Nebel wäre jetzt besser … obwohl hier gewöhnlich keine Gendarmen lauern«, sagte er leise. Er hob den rechten Arm und deutete auf etwas, was nur er erkennen konnte. »Dort drüben queren wir den Fluss. Am linken Ufer müssen wir bald schon wieder hoch, die andere Hangseite hinauf, und dann wenden wir uns nach Nordosten und ziehen weiter, immer weiter Richtung Grenze.«

Jole nickte, und während sie darüber nachdachte, was ihr Vater gesagt hatte, ging ihr auf, dass sie ihn selten so viele Worte hintereinander hatte sprechen hören.

Die Zügel des Lasttiers fest in der rechten Hand, bewegte Augusto sich langsam auf den Fluss zu, gefolgt von Jole, die sich dicht an dem Maulesel hielt. Im Schutz des Laubwalds stiegen sie vielleicht dreißig Meter weiter ab und erreichten schließlich das trockene Kiesbett des Flusses. Ohne Zeit zu verlieren, lenkten sie ihre Schritte dem Wasser zu, und wenngleich dessen Rauschen lauter wurde, vernahmen sie in der Ferne, flussaufwärts Richtung Tezze, zunehmend andere Geräusche. Sie kamen von den Baustellen, wo die Österreicher gerade die Bahnlinie fertigstellten, die von Trient durch das Suganatal bis hinunter zur Grenze mit dem Königreich Italien führte. Seit einem Jahr arbeiteten dort, in dem Gebiet zwischen dem Fluss und den Steinbrüchen, Tag und Nacht Heerscharen von Soldaten und Arbeitern des Kaiserreichs, in Trupps und in Reih und Glied, geordnet wie unermüdliche Ameisen, ausgerüstet mit Piken, Schaufeln und dynamitbeladenen Schubkarren.

Oben im Norden, Richtung Trient, gruben und schlugen sie Tunnel durch die Berge des Suganatals, während weiter talwärts andere Trupps in den Steinbrüchen Felsblöcke aus den Wänden sprengten, die mit Meißeln zu Steinen zertrümmert und dort verteilt wurden, wo wieder andere Arbeiter anschließend die Schwellen verlegten, deren Holz aus Kärnten oder dem Fleimstal kam. In den Öfen, die beim Gleisbau betrieben wurden, erhitzte man Stahl und lieferte ihn dann an jene Trupps weiter, die auf die Verlegung und Befestigung der Schienen spezialisiert waren. Auf Draisinen befuhren Kontrolleure die frisch verlegten Gleise und überzeugten sich vom Fortgang und der Qualität der ausgeführten Arbeiten. Stahlbrücken entstanden, Unterführungen, Stützmauern aus Kufsteiner Zement, Bauwerke, wohin man sah. Und all diese gigantischen pausenlosen Arbeiten waren einzig zu dem Zweck gedacht, einen Schienenstrang zu schaffen, auf dem eines Tages eine Dampflok, schwarz und wie eine Öllache glänzend, unterwegs sein würde. Technische Neuerungen und wunderliche Dinge, die aus anderen Ländern kamen, von wer weiß wie weit her.

Jole wusste nicht einmal, was ein Zug war, und selbst Augusto konnte es sich nicht so recht vorstellen, obwohl er einmal an einem Sommernachmittag von einer Anhöhe aus unzählige Soldaten beobachtet hatte, die damit beschäftigt waren, seltsame eiserne Wege anzulegen, die dem Lauf der Brenta folgten.

Natürlich hatte er oft von der Eisenbahn erzählen hören. Manche meinten, dass sie die Grenzen beseitigen würde und Wohlstand, Reichtum und Fortschritt für alle brächte. Doch davon war Augusto De Boer keineswegs überzeugt. Wie er die Dinge sah, würden die armen Teufel ewig die armen Teufel bleiben, und Grenzen, egal welcher Art, würde es immer geben. Wenn überhaupt, würden sich die Menschen vielleicht etwas bequemer in die eine oder andere Richtung bewegen oder ausbreiten, so wie sie es, seit sie die Erde bevölkerten, immer getan hatten.

Jetzt aber sahen er und seine Tochter nichts von dem ganzen Getümmel, hielten sich klugerweise davon fern und erreichten den Fluss mindestens drei Kilometer unterhalb des Grenzverlaufs.

16

Sie querten den Fluss an einer Stelle, wo der Wasserlauf besonders niedrig war, in der Nähe eines kleinen Damms aus Felsblöcken, der sich dort auf natürliche Weise gebildet hatte. Ettore stieg mit den Vorderhufen ins Wasser und neigte den Kopf, um zu trinken. Vater und Tochter ließen sich davon anregen, holten ihre Feldflaschen aus dem Rucksack hervor und löschten ebenfalls ihren Durst. Nach einigen Minuten setzten sie sich langsam wieder in Bewegung, durchquerten die Brenta unterhalb dieses natürlichen Damms, darauf bedacht, die Füße immer auf die größten Steine zu setzen, deren von der Strömung abgeschliffene Rücken aus dem Wasser hervorschauten. Augustos Schritte waren fest und sicher, die Joles nicht: Ständig verlor sie das Gleichgewicht und landete mit den Stiefeln im eiskalten Wasser.

Am anderen Ufer angekommen, schauten sie sich um und hielten, ohne zu verweilen, auf den Berghang zu. Weitab von Dörfern, Höfen und Menschen tauchten sie wieder in den Schutz des Waldes ein.

»Geschafft!«, rief Augusto. Auch wenn der Weg, der vor ihnen lag, noch weit und mühsam war und die Gefahren, die auf sie lauerten, kein Ende nahmen, so hielt er es doch für ein gutes, ermutigendes Zeichen, dass sie den Abstieg von Nevada und die Durchquerung des Flusses heil überstanden hatten. Bis jetzt war alles glattgegangen, abgesehen von den durchnässten Stiefeln seiner Tochter – was leicht zu verschmerzen war.

Mit ruhigen Schritten stiegen sie hintereinander auf: Augusto, Ettore und Jole. Hin und wieder blieben sie stehen, um zu verschnaufen, aber stets nur wenige Sekunden, dann setzten sie ihren Weg fort. Der Hang war steil und der Wald so dicht und zugewachsen, dass ihnen nicht nur die Mühe des Aufstiegs zusetzte, sondern auch die Tatsache, sich erst einen Pfad durch das Unterholz, zwischen Büschen und Sträuchern, durch Gestrüpp und Brombeerhecken bahnen zu müssen. Zweieinhalb Stunden waren sie mittlerweile unterwegs, und erst die Hälfte des Anstiegs war geschafft.

Zunächst begann Jole, alle hundert Schritt stehen zu bleiben, dann alle fünfzig und schließlich alle zwanzig. Irgendwann ging sie gar nicht mehr weiter. Ihr Vater drehte sich zu ihr um und sah, wie erschöpft sie war. Schweigend und schnaufend verharrten sie eine Weile.

»Danach bleiben wir fast immer auf einer Höhe«, sagte er leise zu ihr, »bis zur Grenze auf dem Monte Pavione. Dort müssen wir wieder höher hinauf.«

Jole nickte und bedeutete ihm, dass sie nun weitergehen konnte. So stiegen sie erneut bergan, und um die Anstrengung weniger zu spüren, die ihre Knöchel, ihre Waden und Oberschenkel schmerzen ließ, dachte Jole ganz intensiv an das, was sie und ihren Vater dazu gezwungen hatte, sich auf dieses Abenteuer einzulassen.

Sie dachte an ihre Familie zu Hause, an ihre Mutter und wie rührend besorgt sich diese immer um sie gekümmert hatte, dachte daran, wie fröhlich und offen ihre kleine Schwester auch in Zeiten lachte, da sie kaum zu essen hatten, weil die Schikanen der Tabakgesellschaft ihnen zusetzten; dachte an ihren Bruder Sergio, der so aufgeweckt und intelligent war, obwohl er dort oben in diesem von Gott und allen Heiligen vergessenen Bergdorf aufwuchs. Und sie dachte an ihren Vater und betrachtete ihn, wie er vor ihr, hinter dem Rücken des Maulesels, den Berg hinaufstieg, wie er vorwärtsstrebte, entschlossen und furchtlos, einem Ziel entgegen in der Hoffnung, seiner Frau und seinen Kindern ein besseres Leben zu ermöglichen, aber auch einer inneren Stimme folgend, dem unwiderstehlichen Lockruf der Freiheit.

Ein Mann wie ein Fels, so nahm sie ihn wahr, die tragende Säule ihrer Welt, ohne den sie sich ihre Zukunft und die ihrer Familie ebenso wenig vorstellen konnte wie eine Welt ohne Sonne. Während sie sich keuchend den Berg hinaufkämpfte, nahm sie sogar über den Abstand zwischen ihnen hinweg seinen starken Geruch wahr. Das untilgbare Merkmal seiner Haut und seines Schweißes. Und einen Moment lang überwältigte sie das seltsame Gefühl, dass dies nicht mehr ihr Vater war, sondern eine Art urzeitlicher Geist, ein *mazariòl*, ein Waldgeist, ein Schamane, ein eher wildes als zivilisiertes Wesen, ein Wolf. Ja, während dieses Aufstiegs sah und erkannte sie den einsamen Wolf, der in der Seele ihres Vaters hauste.

In der nächtlichen Dunkelheit dieses verwilderten, gefährlichen Waldes kam er ihr tatsächlich verwandelt vor. Nein, so hatte sie ihn noch nie gesehen, mit all dem, was ihn einem ungezähmten Tier so ähnlich machte. Und der Atem stockte ihr. Da ließ er sich zurückfallen, bis sie neben ihm war, streichelte ihr über den Kopf und bedeutete ihr mit einer Geste, dass alles gut sei. Und Jole begriff, dass sie niemanden auf der Welt so liebte wie ihn.

Als sie sich wieder ausruhten, waren dreieinhalb Stunden seit ihrem Aufbruch vergangen. Trotz der schneidend kalten Luft war ihnen warm geworden, und sie schwitzten wie an einem Sommertag. Während sie tranken, fiel ihr Blick durchs Geäst einer Rottanne auf das Brentatal hinunter, und sie stellten fest, dass sie bereits sehr hoch gestiegen waren und, wie Augusto erkannte, den Kamm beinahe erreicht hatten. »Bald finden wir frisches Wasser«, sagte er.

Der Dunst hatte sich völlig aufgelöst, und am Himmel funkelten unzählige Sterne. Beharrlich, unausgesetzt klangen die Tierlaute durch die Dunkelheit, stetige Warnungen, dass Menschen in der Nähe waren. Während sie so dastanden, verharrte Augusto mehrmals einen Moment lang und lauschte und schnupperte in alle Richtungen, um eine mögliche Gefahr rechtzeitig zu erkennen. Eine Gefahr, die von Finanzgendarmen und nicht von Tieren ausging.

Denn Tiere fürchtete er nicht im Geringsten. Weder Bären noch Luchse oder Wölfe flößten ihm Angst ein. Sie waren für ihn eine Art Leidensgenossen, die ein ähnliches Schicksal wie er selbst hatten.

»Nur noch fünfhundert Schritte, dann haben wir es geschafft«, sagte er leise, während er sich noch einmal umblickte.

Sie schauten sich an. Jole löste ihr Haar, band es neu zusammen und rückte das rote Halstuch zurecht, das ihr die Mutter mitgegeben hatte.

»Alles in Ordnung?«, fragte sie ihren Vater.

»Ja.«

Ein letztes Mal blickte sie den Steilhang hinunter auf den Fluss, der vom Mondlicht erhellt weit unter ihnen silbern glitzerte.

Sie konnte kaum glauben, dass sie die Brenta gerade erst durchquert hatten. Wären da nicht ihre immer noch nassen Stiefel gewesen, hätte sie es für einen Traum gehalten. Wie verzaubert stand sie da und konnte den Blick nicht abwenden. Von dieser Uferseite aus hatte sie den Fluss nie zuvor gesehen. Und so weit war sie zuvor noch nie von zu Hause fort gewesen. Als wären sie schon tagelang unterwegs, so kam es ihr vor, dabei waren nicht einmal vier Stunden seit dem Aufbruch vergangen.

»Wir sollten vor Tagesanbruch oben sein«, sagte Augusto.

Jole atmete tief durch, legte die rechte Hand auf Ettores Rücken und sagte: »Los!«

So machten sie sich wieder auf den Weg, und bald darauf hörten sie einen Bach gluckern und das sanfte Rauschen eines kleinen Wasserfalls. Sie stiegen weiter bergan und gelangten an einen grün schimmernden, vielleicht zwei Meter tiefen Teich, in den sich der Bach hinabstürzte. Schnaubend legte Ettore alle Kraft in die letzten Schritte, beugte sich über das Wasser und tauchte das Maul tief hinein.

Auch Vater und Tochter tranken und füllten ihre Feldflaschen auf.

17

Im ersten Tageslicht hatten sie die Anhöhe erreicht und richteten sich in einer vor Wind und Blicken geschützten kleinen Senke ein.

Augusto band den Maulesel am Stamm eines Kastanienbaums an, während Jole sich unter einem der in dieser Gegend weit verbreiteten Schneeball-Ahorne ausstreckte und zum klaren, rötlich schimmernden Himmel hinaufblickte. Ihre Beine waren schwer, und vor Müdigkeit fielen ihr fast die Augen zu.

Die ersten Sonnenstrahlen erwärmten den nächtlichen Tau und ließen aus dem Gras um sie herum hauchzarten Dunst aufsteigen. Drosseln und Finken, Girlitze und Gimpel auf den Zweigen ringsumher tirilierten aus voller Kehle.

Mit dem Gewehr in der Hand, entfernte sich Augusto einige Meter, um sich ein wenig umzusehen. Dabei fielen ihm in dem dichten Gras zahlreiche Tierspuren und Kotreste auf. In den vergangenen Tagen mussten hier Hirsche und Rehe vorübergezogen sein, auch Wildschafe, Füchse und Wölfe, wie er an den Ausscheidungen erkannte. Hinweise auf Menschen hingegen fehlten glücklicherweise. Auf dem Weg zurück zu der Senke, in der sie lagerten, entdeckte Augusto einige Steinpilze.

Bei seiner Tochter angekommen, legte er das Gewehr ab und setzte sich neben sie, holte ein Messer aus dem Rucksack hervor, dazu ein wenig Brot sowie eine Presswurst und schnitt davon ab. Auch einen Steinpilz zerteilte er in dünne Scheiben, riss das Brot auf und steckte alles hinein.

»Hier«, sagte er und reichte es seiner Tochter.

Jole setzte sich auf und nahm das belegte Brot dankbar entgegen.

»Und du?«, fragte sie.

»Erst mal einen Schluck Weihwasser«, antwortete Augusto, indem er die Grappaflasche an die Lippen führte. »In einer Stunde geht's weiter«, fügte er hinzu, nachdem er getrunken hatte, um sich sogleich ein wenig Kautabak in den Mund zu stecken. »Bis heute Nacht müssen wir die Grenze erreichen. Das wird noch hart, daher ruh dich gut aus.«

Wann hat er schon mal so lang mit mir geredet?, fragte sich Jole und fühlte sich mit einem Male richtig glücklich, gleichzeitig jedoch besorgt. Sie spürte, wie unruhig ihr Vater war. Überall konnten hier Gendarmen der Finanzpolizei unterwegs sein. Sie beruhigte sich mit dem Gedanken, dass ihr ja nichts geschehen konnte – in seiner Gegenwart.

Nach dem letzten Bissen löste sie ihr Haar und legte sich wieder, auf dem Rücken ausgestreckt, ins Gras.

Sanft strich der Morgenwind durch die Baumkronen über ihr, und durch die Lücken im Geäst, die sich über ihr öffneten und schlossen, sah sie am Himmel ein

Sperberpaar, das auf der Suche nach Beute gemächlich seine Kreise zog. Sie griff in eine Tasche, holte ihren Glücksbringer, Sergios Holzpferdchen, hervor und legte es sich zwischen ihre Brüste. Schwerer und schwerer wurden ihr die Augenlider, und sie spürte noch, wie ihr eine Ameise den Hals hinaufkrabbelte und sie kitzelte. Mit einem Finger vertrieb Jole sie. Dann schlief sie ein.

ZWEITER TEIL

1

Als sie aufwachte, sah sie als Erstes die Äste über sich, die Baumkronen, die zwischen Himmel und Erde schwankten. Sie waren jetzt ausladender als damals, und auch die Stämme der Erlen, Eschen und Eichen, die diese Kronen trugen, wirkten mächtiger. Teilweise hatte der Herbst die Bäume hier in den Bergen bereits entlaubt.

Sie blieb liegen, hob nur Kopf und Rücken ein wenig an und stützte sich auf die Ellbogen. Dabei glitt ihr der Glücksbringer von der Brust, dessen Holz längst braun und abgegriffen war.

Es war der 29. Oktober 1896. Zwei Jahre waren seit damals vergangen. Seit jener Rast, als sie genau an dieser Stelle schon einmal eingeschlafen war. Zwei Jahre, seit sie hier zum ersten Mal, in Begleitung ihres Vaters, gewesen war. Zwei Jahre, seit er sie zur Schmugglerin gemacht hatte. Zwei lange Jahre, in denen vieles geschehen und vieles andere nie mehr geschehen war.

Damals, im Jahr 1894, auf der Reise mit ihrem Vater, hatte sie viel gelernt über den Tabakschmuggel, über den Tauschhandel von Tabak gegen Edelmetall und von Edelmetall gegen Nahrungsmittel. Am Ende hatten sie ein Schwein verdient, drei Säcke Mehl, sechs Kapaune sowie einige Lire, die ihr Vater in Kartoffeln, Mais und Rüben umsetzte. Nach der Rückkehr von dieser ersten Reise hatte sie sich, als sie heim in ihr Dorf kamen, zum ersten Mal wirklich als Frau gefühlt. An diesem Tag war sie sicher gewesen, endgültig all die Ängste und Unsicherheiten ihres jungen Herzens von sich abgeworfen zu haben. Mit einem Male erwachsen geworden, so kam sie sich vor, obwohl sie da gerade mal sechzehn war.

Jetzt war sie achtzehn, und ihr Vater war nicht mehr da.

Sie verharrte in dieser Haltung und sah über sich einen Himmel, der genauso tiefblau war wie damals, als sie hier zum ersten Mal gelagert hatte. Die Augen geschlossen, atmete sie tief durch die Nase ein.

Als sie die Augen öffnete, griff sie nach zwei Tannenzapfen, die neben ihr lagen, und spielte damit.

Ihre Gedanken wanderten zurück zu dem Tag, als sie ihren Vater zum letzten Mal gesehen hatte. Damals hatte sie nicht geahnt, dass sie ihn nie mehr würde umarmen können.

Zweiundvierzig Jahre alt war er gewesen, als er aufbrach, und alle hatten sich so von ihm verabschiedet, wie man im September den Sommer ziehen lässt, in der festen Überzeugung, dass nach dem Herbst, dem Winter und dem Frühjahr ein neuer Sommer erstrahlen und Haut und Herzen wärmen würde. Aber so war es nicht.

Tage- und wochenlang hatten seine Frau und seine Kinder auf ihn gewartet.

Agnese hatte Tag und Nacht gebetet und sich sicher gezeigt, dass nur irgendein unglücklicher Zwischenfall seine Rückkehr verzögerte und er, wenn nicht heute, dann morgen wohlbehalten zu ihnen zurückkehren würde. Niemand hatte sich aufgemacht, um nach ihm zu suchen, was sowieso wenig Sinn gehabt hätte. Zum einen erwarteten sie, dass er allein zu ihnen zurückfinden würde, und bauten auf sein Geschick und seine Kraft ebenso wie auf die Macht des Schicksals und ihrer Gebete, zum anderen konnten sie die Felder nicht sich selbst überlassen, denn Augustos Abwesenheit bedeutete, dass sie, wenn sie zu essen haben wollten, nun doppelt so viel arbeiten mussten wie zuvor.

Dann war der erste Schnee gefallen und hatte die Berge nach und nach unter einer meterhohen weißen Decke begraben. Auch die Pfade waren verschwunden, und die Vorstellung, Augusto suchen zu wollen, war vollends abwegig geworden. Und so schwand mit dem Gras auf den Wiesen und den Büschen am Waldrand mehr und mehr die Aussicht, ihn jemals lebend wiederzusehen.

Im darauffolgenden Frühjahr zog ein Schäfer mit seiner Herde durch die Gegend von Nevada und erzählte Agnese, die innerhalb weniger Monate um Jahre gealtert zu sein schien, dass man ihm vor vielleicht einem Dreivierteljahr von einem Mann berichtet habe, der der Beschreibung nach Augusto De Boer gewesen sein konnte. Leider sei dieser Mann an der Grenze von der österreichischen Zollwache erschossen worden. Doch Agnese wollte es nicht glauben, klammerte sich weiterhin an die verzweifelte Hoffnung, ihren Mann irgendwann wieder in die Arme nehmen zu können, und flehte jeden Tag, den Gott werden ließ, alle Heiligen des Himmels um seine Rückkehr an.

An all das dachte Jole jetzt, zwei Jahre später, während sie allein als Schmugglerin unterwegs war und in dieser Senke unter den herbstlich leuchtenden Bäumen hoch über der Brenta lag. Vor einigen Stunden war sie von Nevada, dort auf der gegenüberliegenden Hangseite, aufgebrochen. Ihre Geschwister, die jetzt dreizehn und zehn Jahre alt waren, hatten sie unbedingt begleiten wollen, so wie sie selbst ihren Vater damals begleitet hatte, aber sie hatte sich nicht erweichen lassen und war allein losgezogen.

Allein oder gar nicht.

Und da sie den Weg kannte und bereits zwei Jahre zuvor auf diesem Weg ihr Leben riskiert hatte, hatte ihre Mutter schließlich nachgegeben. Ihr blieb keine andere Wahl, denn sie litten Hunger. In diesem Frühling waren ihnen die Vorräte ausgegangen, und so war die Familie De Boer noch tiefer in Not geraten. Immerhin waren ihnen einige Dutzend Kilogramm Tabak geblieben, den sie vor den Inspektoren der königlichen Tabakgesellschaft hatten verstecken können. Dadurch war in Jole der Gedanke gereift, sich wie einst ihr Vater auf den

Weg zu machen, um das Überleben der Familie zu sichern. Agnese hatte sich lange gesträubt, ihre Tochter ziehen zu lassen, doch angesichts deren Hartnäckigkeit und des beißenden Hungergefühls in ihrem Magen hatte sie irgendwann zugestimmt. Jole hatte alle Vorbereitungen getroffen, um allein, auf den Spuren ihres Vaters, die Grenze zu passieren und das zu tun, was er ihr beigebracht und als Vermächtnis hinterlassen hatte.

Während sie weiter so auf die Ellbogen gestützt dalag, dachte sie an die Tage vor ihrem Aufbruch zurück, an die Vorbereitungen, an die Aufregung, die sie mehr und mehr gepackt hatte. Sie betrachtete Sansone, ihr Pferd mit den drei Vierteln Haflingerblut, auf dem sie unterwegs war. Unruhig stand das Tier da und versuchte sich all der Mücken und Bremsen, die es umschwirrten, zu erwehren. Er war schöner, größer und stärker als Ettore und wie geschaffen für den langen Weg.

Sansone war ein Arbeitspferd, klein und gedrungen. Anderthalb Jahre zuvor hatte ihn der Leiter des Marmorsteinbruchs ihr geschenkt, zu dem sie sich regelmäßig aufmachte, um dort die Pferde zu bewundern. Er hatte sich ein Vorderbein verletzt und war in dem Steinbruch nicht mehr einzusetzen gewesen.

»Uns bleibt nichts anderes übrig: Wir müssen ihn zum Schlachter bringen«, hatte der Mann zu Jole gesagt, die zu dem Tier getreten war und es besorgt gestreichelt hatte.

»Gebt ihn mir, ich pflege ihn gesund.«

»Ja, ganz bestimmt.«

»Ihr werdet schon sehen, wenn er gesund ist, bringe ich ihn zurück.«

Einen Augenblick lang dachte der Leiter des Steinbruchs nach, und weil er dieses Mädchen mochte, das aus Liebe zu den Pferden schon seit Jahren, seit seiner Kindheit, regelmäßig einmal in der Woche zu ihnen kam, hatte er schließlich gebrummt: »Ach, nimm ihn mit, wenn du es schaffst. Aber beeil dich, bevor ich es mir anders überlege!«

Ganz behutsam hatte Jole das Pferd nach Hause geführt und im Stall untergebracht. Ein schöner Haflinger: haselnussbraun und fuchsrot, die Mähne und der Schweif blond. Fasziniert von dieser Mähne, hatte sie ihn Sansone getauft.

Tag für Tag hatte sie ihn mit Umschlägen und Salben aus Wildkräutern und Harz behandelt, und nach einigen Monaten war das Tier tatsächlich völlig gesundet und wieder ganz bei Kräften, sodass es nach und nach sogar wieder zu galoppieren begann.

In Ruhe und mit großer Geduld hatte sie dieses Unternehmen vorbereitet. Wie ihr Vater bedachte sie jedes Detail, um nicht in brenzlige Situationen zu geraten, die sie mit ein wenig Voraussicht hätte vermeiden können. Nichts durfte dem Zufall überlassen werden. Bereits eine Woche vor dem geplanten Aufbruch hatte sie mit den Vorbereitungen begonnen.

Den Tabak, den sie mitführen wollte, hatte sie aus den verschiedenen, hier und dort verstreuten Verstecken hervorgeholt, hatte ihn gewogen und noch einmal ausreichend angefeuchtet und alle Beutel und Fächer, in denen sie ihn, gut verteilt und verborgen, transportieren wollte, zusammengestellt und bestückt. Sie hatte Sansone ausgiebiger als gewöhnlich gefüttert und ihm viel Ruhe gegönnt, hatte Morlacco- und Bastardo-Käse sowie Presswurst in passende Stücke zerteilt und in starkes Papier gewickelt, Jutesäckchen mit getrockneten Bohnen und Kartoffeln gefüllt, ihre Stiefel geflickt, sich eine dicke Decke besorgt, einen Rucksack, einige Seile, eine große metallene Trinkflasche, eine Plane aus grobem Hanfleinen und eine Lampe eingepackt. Die achtzig Kilo Tabak – in Blättern, Feinschnitt und als Schnupftabak – versteckte sie zum größten Teil unter den Sachen, die Sansone an den Flanken tragen würde, den Rest unter ihren eigenen Kleidern. Schließlich ging sie noch in den Stall, öffnete die alte Kiste aus Eichenholz und nahm das Sankt Paulus heraus, das Werndl-Holub-Gewehr also, das von Sankt Petrus getrennt worden war.

Schießen gelernt hatte sie in dem Jahr ihrer ersten Reise. Augusto hatte es ihr beigebracht, mit jenem Sankt-Petrus-Gewehr, das er immer mitführte, wenn er Tabak schmuggelte, und das mit ihm und dem Maulesel verschwunden war.

2

Jetzt lag sie auf dieser Lichtung, der ersten Etappe ihrer zweiten Schmuggeltour, und dachte zurück an die Dinge, die geschehen waren, vor allem aber an das, was vor ihr lag. Schließlich stand sie auf und nahm das Holzpferdchen an sich, das ins laubbedeckte Gras gefallen war, band sich das in den zurückliegenden zwei Jahren sehr lang gewordene Haar zusammen, richtete sich ihr altes rotes Halstuch und setzte den Strohhut mit der breiten Krempe auf, der ihrem Vater gehört hatte. Zuletzt griff sie zu dem Gewehr und legte es sich über die Schulter.

Eine Windbö wirbelte Blätter auf, und in diesem Moment drang vom Suganatal, vielleicht aus Grigno weit unten, das laute Pfeifen einer Dampflokomotive zu ihr herauf. Einige Monate zuvor war die Bahnstrecke eingeweiht worden, und nun ratterten die Züge zwischen Grenze und Tal hin und her.

Den Hut nach vorne geneigt und das Gewehr über Schulter und Rucksack gelegt, trat Jole auf Sansone zu, tätschelte ihm das Maul und sprang gewandt und sicher auf. Sie sah schön aus, wie sie auf ihrem Haflinger ohne Sattel saß, schön und stark, als könnte nichts und niemand auf der Welt sie aufhalten.

»Ya!«, sagte sie ruhig, und auf das Kommando hin setzte sich der Haflinger in Bewegung.

Jole erinnerte sich gut an den Weg, den sie mit ihrem Vater genommen hatte, wusste aber auch, dass er enorm schwierig war und sich hinter jedem Schritt unzählige Gefahren und Tücken verbergen konnten.

»Ya!«, sagte sie noch einmal.

Und so verließ sie diese Lichtung im Wald, die mit so vielen traurigen Erinnerungen verbunden, nun aber auch von einem frischen Duft erfüllt war, den sie, die junge Schmugglerin, dort hinterlassen hatte.

3

Ganz langsam drang sie wieder tiefer in den Wald ein und schaute sich dabei in einem fort misstrauisch um. Ihr war klar, dass sie hier jederzeit mit Patrouillen italienischer Finanzgendarmen rechnen musste, mit wilden Tieren oder skrupellosen Banditen, die Wanderern und Schmugglern auflauerten.

Was mochte ihrem Vater nur zugestoßen sein, fragte sie sich wieder einmal, ohne eine Antwort darauf zu finden. Denn in ihren Augen war er gewitzter gewesen als jeder Gendarm, stärker als alle Naturgewalten und entschlossener als jeder Gauner, der in diesen Wäldern hausen mochte.

Die Sonne war schon einige Stunden zuvor aufgegangen. Mittlerweile hatten ihre goldenen Strahlen den

Kamm des Monte Grappa erreicht und ergossen sich über den Nordhang dieses heiligen Berges.

Jole ritt in östliche Richtung, dann nach Nordosten, und bewegte sich wie auf der Flucht, ohne je den schützenden Wald zu verlassen, dessen Vegetation sie so gut tarnte wie eine Viper das Gestrüpp.

Kaum einmal hielt sie an, und wenn doch, dann nur, um Spuren, die sie entdeckt hatte, genauer zu betrachten oder um sich neu zu orientieren und nach Pfaden zu suchen, die von irgendwo anders unmöglich einzusehen waren. Nachdem sie die Nordhänge des Monte Grappa hinter sich gelassen hatte, sah sie das Cismontal unter sich liegen. Um weiter voranzukommen, musste sie den dichten Wald aus Hainbuchen, Bergahornen und Linden verlassen, einen Birkenwald durchqueren und über Wiesen und Weiden weiterziehen, die sich über einige Kilometer in ihre Richtung ausbreiteten. Es war ein heikler Moment, denn obwohl sie sich geschickterweise gut fünfhundert Meter oberhalb des Dorfes Arsiè gehalten hatte, bestand durchaus die Gefahr, dass sie jemand von dort aus erblickte. So stieg sie noch einmal ab, bevor sie die Deckung verließ, band Sansone am Stamm einer hohen Birke an und untersuchte im Umkreis von vielleicht hundert Schritt das Gelände, um schließlich beruhigt zu ihrem Pferd zurückzukehren, das zwischen den bunt gesprenkelten Bäumen kaum auszumachen war.

Es schien alles in Ordnung zu sein, und sie fühlte sich bereit, ihren Weg fortzusetzen. Zuvor aber führte sie Sansone noch an den Waldrand, wo die Birken lichter standen und hier und da schon herbstlich gefärbten Wiesen Platz machten. Dort ließ sie ihr Pferd fast eine Stunde lang weiden, während sie selbst sich die Beine vertrat und einige Pfifferlinge sowie eine Handvoll Schirmlinge sammelte, die auf einem moosbewachsenen Flecken ganz in der Nähe sprossen. Sie säuberte sie mit dem Messer, das sie am Gürtel trug, und steckte sie dann in einen Lederbeutel unter Sansones Gepäck.

Plötzlich meinte sie, etwas gesehen zu haben, nicht weit von ihr, dort auf der Wiese: ein großer dunkler, unförmiger Fleck, der plötzlich aufgetaucht und genauso schnell wieder hinter einem Grasbuckel verschwunden war. Aufgeschreckt griff sie zum Gewehr, warf sich zu Boden, brachte es in Anschlag, während sie darauf wartete, erkennen zu können, worum es sich gehandelt hatte.

Den Lauf gerade auf das Ziel gerichtet, Kopf und Schultern reglos in Schusshaltung, lag sie da und spürte ihr Herz klopfen, während ihr Atem so heftig ging, dass es ihre Treffsicherheit gefährden konnte. Einige Sekunden rührte sie sich nicht und starrte auf die Stelle, wo sie diesen Schatten gesehen zu haben glaubte. Sekunden, die wie Minuten waren, und Minuten wie Stunden.

Da war er wieder: Mit großem Radau verließ der Schatten die Deckung, und Jole ließ Sankt Paulus sinken und stieß einen Seufzer der Erleichterung aus. Es war nur ein großer Auerhahn, der sein Gefieder und die Schwanzfedern aufgestellt hatte und drohende, pfeifende Laute ausstieß.

Ohne Hast, aber doch zügig – da sie wusste, dass diese Vögel angriffslustig sein konnten – bewegte sie sich zu ihrem Pferd zurück und machte sich sogleich wieder auf den Weg, ließ diesen Hahn und diese Wälder hinter sich und ritt im offenen Gelände weiter ihrem Ziel entgegen.

Einige Stunden lang war sie so unterwegs, passierte eine beweidete Hochebene mit sanften grünen Hügeln, auf denen Millionen violetter Herbstkrokusse sprossen. Der Himmel war klar, und die Sonne brannte auf Joles Nacken und auf den Rücken ihres Pferdes, das sie trotz seines schweißnassen Fells klaglos Schritt für Schritt vorwärtstrug.

4

Sie ritt aus Fanzaso hinaus, hielt sich weiter in den Höhenlagen und schaute sich ständig aufmerksam um, ob irgendwo Spuren von Gendarmen oder Soldaten des Königreichs zu entdecken waren. Hasen und Haselhühner begegneten ihr, Rebhühner und Rehkitze mit ihren Müttern, ohne dass sie sich an den Fremden zu stören schienen. Jole hatte sogar den Eindruck, auf dieser Hochebene willkommen geheißen zu werden. Unter der sengenden Mittagsonne leuchteten die herbstlichen Farben so intensiv, dass sie ganz hingerissen davon war und einen Augenblick lang sogar vergaß, weshalb sie, nun zum zweiten Mal in ihrem Leben, durch diese Gegend zog. Dann aber wanderten ihre Gedanken zurück zu jenem ersten Mal, als sie in Begleitung ihres Vaters dieses Gelände durchquert hatte.

Es war erst Ende September gewesen, die Herbstfarben hatten noch nicht so geleuchtet wie jetzt. Ihr fielen wieder die Worte ein, die ihr Vater damals gesagt hatte.

»Siehst du die Berge dort in der Ferne?«, fragte er. »Das sind die Vette Feltrine. Dort liegt die Grenze.«

Jole schaute in die Richtung, in die Augusto wies, und ließ dann, so wie er, den Blick auf diesen Gipfeln ruhen.

Er schwieg einen Moment und sprach dann weiter. »Weißt du, Jole, für dich ist das Wichtigste auf dieser Reise, dass du Neues aufnimmst, dass du dich verändert hast, wenn du nach Hause zurückkehrst.«

»Was meinst du damit?«

»Weißt du, ein guter Schmuggler ist wie der Wind. Das ist es, was du lernen musst: Man darf dich nicht sehen, darf dich nicht greifen können, und du musst ständig bereit sein, eine andere Richtung einzuschlagen.«

Jole hatte gelächelt, während sich ihr Vater einen Priem Tabak in den Mund gesteckt und langsam darauf zu kauen begonnen hatte.

Sansone trug sie mit gleichmäßigem Gang und schaukelte sie sanft von links nach rechts und von rechts nach links. Sie schob ihren Hut ein wenig in den Nacken, entblößte so ihre Stirn und richtete den Blick auf die felsgrauen Berge, die zwischen den Hügeln vor ihr aufragten. Bis morgen früh musste sie dort sein, dann weiter den Monte Pavione hinauf bis zur Grenze steigen, wo kurz darauf der lange Abstieg auf der österreichischen Seite begann.

Sie spürte, dass ihre Lippen, Mund und Kehle trocken geworden waren. Auch ihr Pferd hatte Durst, und je länger sie dort in der Sonne unterwegs waren, desto stärker schwoll seine Zunge. Ohne sich umzudrehen, griff Jole zu einer Feldflasche an der Seite des Tieres und führte sie zum Mund. Leider war das Wasser nicht mehr sehr kühl, ein Bach wäre jetzt willkommen gewesen. Nach einer weiteren halben Stunde fing Sansone an zu beschleunigen – statt den Anstrengungen und dem Durst Tribut zu zollen und langsamer zu werden. Er bebte, ja, zitterte fast, so als würde ihn etwas mit Gewalt vorwärtstreiben. Jole erkannte, dass er Wasser witterte, und bremste ihn nicht, bis er schließlich, immer noch schneller werdend, kurz darauf ein Rinnsal erreichte, das von einem Hang herunterfloss und nach wenigen Schritten zu einem Bach wurde.

Jole stieg ab und ließ Wasser in ihre Feldflaschen laufen. Sansone trank, bis sein Durst gestillt war, und dann zogen sie sich gemeinsam in ein Eichenwäldchen abseits des Weges zurück. Hier ruhten sie sich aus, und Jole aß von der Presswurst und ein Stück Morlacco-Käse mit einer Scheibe Schwarzbrot dazu.

Als sie schon daran dachte, sich wieder auf den Weg zu machen, vernahm sie plötzlich Stimmen, die tiefer aus dem Wäldchen kamen.

Sie lauschte: Man sprach Italienisch.

»Ganz ruhig …«, flüsterte sie begütigend und streichelte das Pferd, bis es sich entspannte.

Sie band es an einen Baum und schlich, immer in Deckung, einige Schritte in die Richtung, aus der die Stimmen gekommen waren. Drangen diese zunächst wie ein vages Echo zu ihr, so wurden ihr nach und nach immer mehr Einzelheiten deutlich. Es waren vier, vielleicht fünf Männer, die lachten und scherzten. Sie verbarg sich hinter einer Eiche am Rand des Wäldchens und bemühte sich, sie genauer zu erkennen.

Kurz darauf wusste sie: Es waren Gendarmen der *Guardia di Finanza*.

Der Schweiß brach ihr aus, und das Herz pochte ihr bis zum Hals. Eine Hand fest auf das Holzpferdchen in ihrer Jackentasche gelegt, stand sie da und beobachtete einen Moment lang die Männer. So sah sie, dass sie sich zum Glück nicht in ihre, sondern in die entgegengesetzte Richtung bewegten und wohl nach Fanzaso abstiegen.

Mehr und mehr verklangen ihre Stimmen, bis die Entfernung sie ganz verschluckt hatte. Die Männer selbst allerdings konnte Jole immer noch erkennen, und sie sah ihnen nach, bis sie nur noch winzige Pünktchen und schließlich ganz verschwunden waren.

Erleichtert atmete sie auf und kehrte zu Sansone zurück. »Weiter geht's«, sagte sie zu ihm, »der Weg ist frei.«

So zogen sie voran, Stunde um Stunde, während sich die Felswände der Berge, auf die sie zuhielten und die von der gleichen Farbe wie ihre Augen waren, immer mächtiger vor ihr aufbauten.

Sie erreichten eine Talmulde, in der sich ein See mit blauem, tiefem Wasser ausbreitete, dessen Ufer von Raben und Bachstelzen bevölkert waren. Am Himmel darüber kreisten Bussarde und stießen Jagdlaute aus.

Jole gelangte zu einem weiteren Wildbach, der sich an der Hangseite als Wasserfall tosend zu Tal stürzte. Sie hielt an und lauschte mit geschlossenen Augen dem Rauschen seiner Fluten, während der eiskalte feine Wassernebel, der davon aufspritzte, ihr von Wind und Sonne gerötetes Gesicht erreichte und sie angenehm erfrischte.

Vielleicht fünfzig Meter von ihr entfernt, entdeckte sie auf ihrer Uferseite einen großen Hasen. Der passende

Moment und der richtige Ort, um ein Tier zu schießen, überlegte sie, denn das Rauschen des Wasserfalls würde jeden Schuss übertönen.

Sie griff zum Gewehr, zielte auf den Hasen und erlegte ihn mit einem Schuss. Als sie vom Pferd stieg, um sich die Beute zu sichern, überflog ein Lächeln ihr Gesicht. Stolz befestigte sie den Hasen an einem der Riemen, die vom Zaumzeug ihres Pferdes hinabhingen, und setzte ihren Weg fort.

Es war kurz vor Sonnenuntergang, als sie, hungrig und erschöpft, einen Ort erreichte, den ihr Vater Val Storta, krummes Tal, genannt hatte: eine Gebirgsmulde, die hinter einem Sattel in eine Wiese auslief, die von zwei hohen Felswänden umstanden und so vor heftigen Winden geschützt war. Dort stieß sie auf einen Hirten mit einer Herde von Burlina-Rindern. Sie zählte sie, es waren siebenundzwanzig.

Der Himmel war klar und blau, und die beiden einzigen Wolken, die dort standen, wurden von den Gelb-, Gold- und Rottönen des Sonnenuntergangs überflutet. Es war schnell abgekühlt, und die leichte Luft prickelte im Gesicht.

Zwischen den Kühen ritt sie langsam auf den Hirten zu, der sie mit undurchdringlicher Miene und abwesendem Blick ansah. Es war der typische Blick aller Viehhüter, wenn sie von den Sommerweiden zurückkehrten, wo sie monatelang abgeschieden von der Welt gelebt hatten. Jole erinnerte sich, was man in Nevada über Hirten zu sagen pflegte, nämlich dass sich ihr Blick deswegen im Leeren verlor, weil Hexen und Waldgeister sie in der langen Einsamkeit ihrer Erinnerungen beraubt hätten, wenn nicht sogar ihrer Seele.

Ohne abzusteigen, blieb sie bei dem Fremden stehen und grüßte ihn.

Zur Antwort hob dieser nur eine Hand.

Jole schaute sich um, schob sich den Hut aus der Stirn und stellte sich vor. »Ich heiße Jole, Jole Vich«, sagte sie; da sie als Schmugglerin unterwegs war, schien es ihr angebracht, beim Familiennamen zu lügen.

»Toni Zonch, angenehm.«

Das Gesicht des Hirten war schmutzig und von der Sonne verbrannt, seine Hände erinnerten an die verschlungenen Zweige einer Robinie, und seine Kleider stanken nach Wind, Regen und Urin.

Sie stieg vom Pferd, und sie unterhielten sich ein wenig. Toni war erst sechzehn, sah aber zwanzig Jahre älter aus. Er lebte in der Nähe von Arsiè, und dorthin, in sein Dorf, würde er nach den Sommermonaten auf der Alm in den Vette Feltrine auch in wenigen Tagen zurückkehren.

»Ich habe hier oben einen Stall, eine halbe Wegstunde entfernt, in dem ich schlafen kann«, erzählte er. »Nach den Monaten hoch in den Bergen scheint es die leichteste Sache der Welt, wieder ins Tal abzusteigen.

Dabei ist es ganz besonders gefährlich. Denn genau darauf warten die Wölfe, um über die Herde herzufallen.«

»Im Ernst?«

»Vor zwei Tagen habe ich hier in der Nähe zwei Kälber verloren. Wölfe hatten sie gerissen.«

»Hast du keine Flinte?«

»Doch, nur die hilft auch nicht immer.«

»Die hilft nicht, wenn man nicht damit umgehen kann«, antwortete Jole. »Was sagst du dazu?«, fügte sie hinzu, indem sie den Hasen bei den Ohren packte und ihn Toni zeigte. »Das Abendessen teilen wir.«

So lagerten sie, Jole mit ihrem geladenen Gewehr und der junge Hirte mit seinen drei Hunden mit dem schütteren Fell, die noch verlorener wirkten als ihr Herr, hinter einem Felsen, um sich nicht zu verraten. Dort entzündeten sie ein Feuer, zogen dem Hasen das Fell ab und brieten ihn am Spieß. Jole holte noch einen Kanten Brot hervor, und er steuerte Milch von seinen Burlina-Kühen und geräuchertes Rehfleisch zu ihrem Mahl bei. Sie schwiegen mehr, als sie redeten, und schauten ins Feuer und auf die Funken, die prasselnd vom Fuß des Felsens zum dunklen Himmel aufstiegen.

Jole dachte an ihre Reise und die Strapazen dieses Abenteuers. Ihre Beine waren hart und schmerzten, ihr Rücken war steif und ihr Hintern taub von dem stundenlangen Schaukeln auf Sansones Rücken.

»Warum schläfst du heute nicht in diesem Stall?«, fragte sie den Jungen.

»Noch einmal zurückzukehren wäre gefährlicher gewesen, als hier zu lagern. Es ist zu spät geworden, weil ich eine Kuh verloren und lange nach ihr gesucht habe. Als ich es aufgegeben habe, war die Sonne bereits untergegangen. Zurück zum Stall hätte ich es nicht mehr geschafft. Nein, diese Nacht verbringe ich lieber hier.«

»Verstehe.«

»Und du, du bist eine Schmugglerin, nicht wahr?«

»Nein«, antwortete Jole.

Der Hirte lächelte. »Ich habe dir gesagt, was ich mache, woher ich komme und wohin ich gehe. Du dagegen erzählst mir gar nichts von dir.«

Sie schwieg.

»Wie du willst, aber vor mir musst du dich nicht verstecken. Du kannst mir vertrauen, ich hätte nichts davon, wenn ich dich an die Gendarmen verrate. Das sind größere Gauner als die Gauner selbst.«

Jole lachte, stand auf und ging zu Sansone, und als sie zum Feuer zurückkehrte, hielt sie in der Hand eine kleine Portion Schnitttabak und ein getrocknetes Birkenblatt.

Der Hirte rollte die Tabakkringel in das Blatt ein, fuhr mit der Zunge über den Rand, klebte es fest und zündete es an, wobei er die Augen geschlossen hielt und genüsslich den blauen, dichten Rauch einsog, der solch einen würzigen Duft verbreitete.

»Da hast du mir ein schönes Geschenk gemacht«, sagte er nach zwei tiefen Zügen.

»Für deine Gastfreundschaft.«

»Für die musst du den Sternen danken.«

»Schon geschehen.«

»Du verschiebst also Tabak, hab ich's mir doch gedacht. Eine Frau, die schmuggelt, habe ich allerdings noch nie gesehen.«

»Jetzt siehst du eine.«

»Aber wen soll dein Tabak hier interessieren, in dieser Einöde? Die Gämsen und Mufflons?«

»Ich ziehe weiter, bis über die Grenze.«

Der Hirte riss die Augen auf, und einen Moment lang belebte sich seine Miene, dann sagte er: »Ach! Zu den Deutschen … Nun gut, mehr will ich gar nicht wissen. Aber das wird hart, das ist dir hoffentlich klar …«

»Ich mache das nicht zum ersten Mal.«

Er ließ sich weiter die Zigarette schmecken, legte sich lang hin und schaute hinauf zum Himmel.

Unterdessen war es kalt geworden, und um sie herum war nichts mehr zu erkennen. Obwohl das Feuer prasselte und knisterte, vernahm man deutlich das Heulen von Wölfen.

»Hörst du sie?«, fragte er.

Jole legte die Hand auf Sankt Paulus und sagte: »Heute Nacht werden sie schon nicht kommen.«

Sie war sich da keineswegs sicher, aber ihr Stolz ließ es nicht zu, sich ängstlich zu zeigen. Es war besser, die Nacht nicht allein, sondern zu zweit zu verbringen, doch wusste sie auch, dass es ratsam war, niemandem zu trauen.

Nach einem kurzen Schweigen fragte sie plötzlich: »Bist du vielleicht mal einem Mann namens Augusto De Boer begegnet?«

»Auf der Alm begegnet man vielen wilden Tieren, aber kaum Menschen.«

»Nicht sehr groß, mit einem üppigen dunklen Schnurrbart.«

»Nein. Wo hätte der mir begegnen sollen?«

»Hier oder irgendwo anders, in den letzten beiden Jahren.«

»Was hat dieser Mann dir getan?«

Jole antwortete nicht.

Noch einige Minuten saßen sie schweigend zusammen und starrten ins Feuer, dann erhob sie sich, um sich zurückzuziehen.

»Gute Nacht.«

»Gute Nacht«, antwortete er.

Vielleicht fünfzig Schritt voneinander entfernt richteten sich beide ein Nachtlager her.

Jole legte sich neben Sansone, deckte sich mit zwei rauen Wolldecken zu und betrachtete den Himmel über sich.

Unzählige Sterne standen dort, groß und funkelnd.
Wie Brunnen aus vielfarbigem Licht glitzerten sie, und
Jole schien es, als hätten sie sogar eine Stimme und sprä-
chen zu ihr. Dass sie ihr Glück wünschten und alles
Gute, stellte sie sich vor, schüttelte aber bald den Kopf
über ihre blödsinnigen romantischen Ideen. Wenn ihr
Vater sie hören könnte, würde er sich sicher lustig über
sie machen.

5

Die zwei Jahre ohne Augusto waren für die De Boers
eine äußerst schwierige Zeit gewesen. In Haus und Stall,
vor allem auf den Tabakterrassen alles in Ordnung zu
halten und zu bewirtschaften, fiel ihnen schwerer, als sie
sich es je hätten vorstellen können. Der Tabakanbau in
dieser Gegend war eine ebenso strapaziöse wie kompli-
zierte Angelegenheit, und einzig Augusto hatte von der
Anzucht bis zur Trocknung alle Geheimnisse dieser
Kultur gekannt. Agnese und Jole teilten sich die früher
Augusto vorbehaltenen Arbeiten, doch ihre Bemühungen
scheiterten häufig, weil ihnen die nötige Erfahrung fehlte.

Lieber Gott, wenn es dich gibt, sorg dafür, dass mein
Vater doch noch nach Hause zurückkehrt, hatte Jole an
einem Tag im Juni, während sie die Tabakpflänzchen
goss, gedacht.

Nur einige Schritte von ihr entfernt, hatte Agnese das Gleiche gedacht, und während sie so vor sich hin arbeitete, mit krummem Rücken und dem Kopftuch, unter dem hier und dort schon graue Strähnen ihres langen Haares hervorgerutscht waren, bewegte sie die Lippen und betete zu ihrem Gott, auf den sie blind vertraute, zu ebenjenem Gott, der Jole immer fremd geblieben war.

6

Am nächsten Morgen wachte sie spät auf. Als sie die Augen aufschlug, stand bereits die Sonne am Himmel, und die Luft war mild. Mit einem Ruck setzte sie sich auf und sah, dass Sansone immer noch neben ihr stand, als wollte er sie beschützen.

Sie hatte zu lange geschlafen, schoss es ihr durch den Kopf, und sie würde an diesem Tag sicher nicht so weit kommen, wie sie eigentlich geplant hatte. Als sie aufstand, um die Decken zusammenzufalten, bemerkte sie, dass sie ganz allein war: Die Kühe waren fort und ebenso der junge Hirte, der sicher mit seiner Herde in diesen Stall zurückgekehrt war, um die Tiere dort zu melken. Rasch prüfte sie, ob etwas fehlte von den Dingen, die sie mit sich führte: Gerätschaften, Lebensmittel, Tabak.

Nein, es war noch alles da. Sie ging hinüber zu der Stelle, wo sie am Abend vor dem Lagerfeuer gesessen hatten, und sah, dass aus der Asche noch Rauch aufstieg. Das gefiel ihr nicht, denn selbst aus der Ferne konnte jemand darauf aufmerksam werden. So trat sie auf die verkohlten Holzscheite und löschte die Reste der noch glimmenden Glut.

Rasch wusch sie sich das Gesicht in einem Bächlein, das unter einem der Felsen floss. Da die Sonne die Luft schon ein wenig erwärmt hatte, beschloss sie, Pullover und Unterhemd abzulegen und sich den Hals, die Schultern und den Oberkörper zu waschen. Die Berührung mit dem kalten Wasser ließ sie erschaudern, sie bekam eine Gänsehaut, und ihre Brustwarzen versteiften sich wie zwei Wachsoldaten beim Habacht. Mit einem Lappen trocknete sie sich ab, füllte die Feldflasche und brach Richtung Norden auf, dem Monte Pavione entgegen, ließ die weiten, offenen Flächen hinter sich und tauchte wieder ein in die Laubwälder, die sie bis zum frühen Nachmittag vor fremden Blicken schützen würden.

Zwischen Haselnusssträuchern und Robinien, Flaumeichen und Hainbuchen, Bergahornen, Eschen und Kastanienbäumen folgte Jole ihrem Weg, stets wachsam und zugleich überzeugt, dass sie hier niemand entdecken würde. Unermüdlich ritt sie, ohne sich eine Pause zu gönnen, denn bis zum Abend wollte sie den Rückstand in ihrem Zeitplan aufgeholt haben. Der Anstieg auf dem Bergrücken wurde indes immer beschwerlicher.

Nach vielen Stunden unterwegs, als sie und das Pferd erschöpft waren, beschloss Jole haltzumachen, auch um sich zu orientieren und zu erfahren, wo genau sie jetzt waren. Sie band Sansone am Stamm einer Esche an und ging ein Stück zu Fuß weiter, kletterte den Grat, dem sie gefolgt waren, einige Hundert Meter hinauf, auf der Suche nach einer Lücke im dichten Gehölz, um freie Sicht zu bekommen.

Sie gelangte zu einem Felsvorsprung, von dem aus das Massiv des Monte Pavione ganz deutlich zu erkennen war. Sein Fuß lag keine zwei Stunden mehr entfernt, allerdings ging es auch bis dorthin stets bergauf.

Im Laufschritt eilte sie zu Sansone hinunter, wobei sie einige Male auf dem Teppich aus trockenem Laub, der den Waldboden bedeckte, ins Straucheln geriet.

»Das schaffen wir«, machte sie ihm Mut, indem sie seine blonde Mähne streichelte, »allerhöchstens noch zwei Stunden, dann rasten wir bis morgen früh.«

Um es dem Haflinger leichter zu machen, lief Jole jetzt ein Stück zu Fuß weiter und führte ihn an den Zügeln, obwohl es gewiss nicht ihr Gewicht war, das seine Kräfte übermäßig beanspruchte, sondern die lange, beschwerliche Strecke und die Last, die er zu tragen hatte.

Steiler und steiler wurde der Weg. Je weiter sie vordrangen, desto deutlicher veränderten sich die Farben und Gerüche des Waldes. Die Laubbäume blieben zurück und machten einem Nadelwald aus Rottannen

Platz, in dem sich Spechte, Eichelhäher und Eichhörnchen tummelten.

Von Zeit zu Zeit meldete der heisere Ruf einer Krähe allen anderen Tieren im Wald, dass hier zwei fremde Wesen unterwegs waren.

Ebenso regelmäßig stillte der Haflinger seinen Durst an einer Pfütze oder einem Rinnsal, die er im Unterholz aufspürte.

Und Jole fragte sich immer wieder, ob sie es überhaupt schaffen würden.

Irgendwann überquerten sie eine Lichtung, und von dort aus konnte Jole weit unter ihnen im Tal den Passo Croce d'Aune erblicken. Sie nahm einen Schluck aus der Feldflasche und freute sich, weil sie sich daran erinnerte, genau hier mit ihrem Vater entlanggekommen zu sein. Ohne zu verweilen, tauchte sie in den Wald ein und folgte zu Fuß dem Pfad hinauf zu den Gipfeln der Vette Feltrine mit dem Monte Pavione, der sich majestätisch vor ihr erhob.

Nach einer weiteren halben Stunde blieb sie erschöpft einen Moment lang stehen, um diesen Berg genauer zu betrachten. Seine Form hatte etwas Totemistisches, fast Sakrales.

Da liegt er, der Berg. Da ist sie, die Grenze, dachte sie.

Gleich hinter dem Gebirgskamm begann Österreich, mit Tirol zur einen und dem Noana- und Primörtal, wohin sie unterwegs war, zur anderen Seite.

Es war gegen vier am Nachmittag, als sie wieder auf Sansones Rücken stieg und eine weitere halbe Stunde den Aufstieg fortsetzte. Und dann noch länger und immer weiter und weiter.

Als die Sonne fast ganz hinter dem Kamm im Westen verschwunden war, beschloss Jole, sich ein Lager zu suchen. Nur ein sicherer Platz käme infrage. Plötzlich vernahm sie seltsame Geräusche zu ihrer Linken und erstarrte. Sie griff zum Gewehr, stieg langsam vom Pferd und schlich zwischen den Rottannen mit ihrem verschlungenen Wurzelwerk ein Stück tiefer in den Wald hinein. Sie musste wissen, was das für Geräusche waren.

Nach wenigen Metern bemerkte sie, dass sich der Wald zu einer kleinen Fläche mit gestampftem Boden öffnete. Von dort kamen also die Geräusche: Laute, die sich wie das Brechen von Ästen und Schläge anhörten. Sie schlich weiter voran und erkannte jetzt ganz deutlich einen Mann, der damit beschäftigt war, einen hohen Holzstapel aufzuschichten.

Er hatte wohl gerade erst damit begonnen, aber bereits drei lange Pfähle in den Boden gerammt, die von einem Ring aus Ästen und Zweigen umschlossen waren. Einen Moment lang hielt der Mann in der Arbeit inne, holte aus einem großen Beutel eine Flasche hervor und trank gierig. Und während er so dastand, geschah es, dass Jole versehentlich gegen einen trockenen Zweig stieß, der zerbrach.

Von dem Geräusch aufgeschreckt, fuhr der Mann herum und wandte das Gesicht dem Wald zu, in dem Jole versteckt war.

»Wer ist da?«, rief er und schwang seine Hippe.

Sie hatte sich verraten, es war sinnlos, sich weiter verstecken zu wollen. Der Mann würde nach ihr suchen. Sie beschloss, ihre Deckung zu verlassen. Mit dem Gewehr über der Schulter, zum Zeichen, dass nichts von ihr zu befürchten war, trat sie zwischen den Bäumen hervor.

»Ich bin's«, erwiderte sie.

»Und wer bist du?«

»Ich bin auf der Durchreise, und weil ich Geräusche gehört habe, wollte ich sehen, woher sie kommen.«

»Hast du noch nie einen Köhler bei der Arbeit gesehen?«, fragte der Mann und setzte noch einmal die Flasche an.

Jole kam ein paar Schritte näher und schaute ihn sich genauer an: Er hatte einen mächtigen Bauch, ein rundes Gesicht von rötlicher, gesunder Farbe und große, gutmütig wirkende Augen.

»Nein.«

Sie gaben sich die Hand.

»Jole!«

»Guglielmo.«

Das Mädchen bemerkte, dass der Mann nach Grappa stank.

»Nun, woher kommst du, Jole?«

»Nicht weit vom Brentatal.«

»Tabak?«

»Nein.«

Er lachte. »Und was hast du mit dem Gewehr vor? Du willst mich hoffentlich nicht erschießen?«

»Wer weiß?«

Jetzt stimmte Jole in sein Lachen ein. Er nahm einen weiteren Schluck Grappa. »Tut mir leid, ich bin heute nicht sehr gesellig«, sagte er, nachdem er sich den Mund mit dem Ärmel abgewischt hatte, »wie du siehst, habe ich zu tun. Ich bleibe hier einige Tage und bringe dann meine Holzkohle nach Santa Monica runter. Von dieser Arbeit lebe ich. Und in Santa Monica wohne ich auch, ein Dorf unten im Tal, noch hinter dem Val Storta. Du kannst machen, wozu du Lust hast. Wenn du die Nacht hier lagern willst, nur zu. Aber jetzt entschuldige mich, ich muss weiterarbeiten. Diese sonnigen Tage sind ein wahrer Segen. Solch einen Martini-Sommer wie dieses Jahr hatten wir schon lange nicht mehr.«

»Sind hier vielleicht Gendarmen unterwegs?«, fragte Jole mit einem Lächeln.

Der Köhler musterte sie einen Moment lang verwundert, fuhr sich noch einmal mit dem Ärmel über die Lippen, schaute sich um und sagte lächelnd: »Nein, hier ist niemand. Absolut niemand.«

»Ich gehe mein Pferd holen und schlage dann dort auf der Wiese für heute Nacht mein Lager auf, einverstanden?«

»Mach, was du willst, Mädchen, ich muss arbeiten«, erklärte er, ohne sie noch einmal anzusehen, nahm seine Hippe wieder fester in die Hand und begann erneut, sich Äste und Zweige zurechtzuschlagen, die um die drei in den Boden gerammten schweren Pfähle geschichtet wurden.

Über der ganzen Lichtung lag der durchdringende, angenehme Geruch von Harz und frisch geschlagenem Holz.

Jole entfernte sich und verschwand im Wald, um ihr Pferd zu holen. Sein schweißnasses Fell hatte Schwärme von Fliegen angelockt, und so stand Sansone bebend da und wedelte in einem fort mit dem Schweif, um die lästigen Insekten zu vertreiben.

Zurück auf der Lichtung, suchte sie sich etwas abseits einen Platz, legte sich auf das Gras, deckte sich mit zwei Decken zu und schaute hinauf zu den Sternen und der Mondsichel, die nur ein wenig verschleiert wurden durch eine Schicht hoher, dünner Wolken, die auch den Gipfel des Monte Pavione krönten.

Ihre Mutter und ihre Geschwister kamen ihr in den Sinn, und sie wurde wehmütig und fühlte sich ihnen sehr nah, obwohl sie jetzt so weit entfernt waren. Sie holte das Holzpferdchen hervor, legte es sich auf die Brust und drückte es an sich.

»Liebe Mama, liebe Geschwister«, sprach sie zu den Sternen hinauf, »wünscht mir die Kraft, durchzuhalten und das zu schaffen, wozu ich von euch fortgegangen bin. Ich fühle mich ein wenig einsam, aber wenn ich an euch denke, macht mir das Mut. Denkt ihr bitte auch an mich. Mama, bete für mich, du weißt ja, wie man das macht …«

Dieser Moment der Schwäche ging vorüber, und das war wichtig, denn sie musste wachsam bleiben.

Schließlich setzte sie sich noch einmal auf und aß ein wenig von der hart gewordenen Presswurst und dem reifen Bastardo-Käse, während sie aus einiger Entfernung diesen Mann beobachtete, der pausenlos arbeitete, obwohl die Sonne längst untergegangen war, und nur hin und wieder mal einen Schluck Grappa nahm.

7

Wer einen ordentlichen Kohlenmeiler errichten wollte, brauchte Kraft, Verstand, Geschick und Erfahrung. Mit anderen Worten: Er musste sein Handwerk beherrschen. Wie Guglielmo. Dabei war er nicht einmal der Besitzer der Meiler, die er aufbaute, sondern nur ein angestellter Arbeiter. Sein Chef betrieb Meiler in verschiedenen Orten des Grenzgebiets zwischen dem österreichischen Trient und dem italienischen Belluno, und hin und wieder reiste er an, um den Fortgang der Arbeiten zu kontrollieren und die Männer, die dort für ihn arbeiteten, zu bezahlen. Mit der Holzkohle war er reich geworden. Ganz anders als seine Arbeiter, die wie Waldschrate in der Einsamkeit lebten und sich gerade mal das tägliche Brot verdienten.

Kohle wurde überall gebraucht: in den Dörfern Italiens wie Österreichs, in den Fabriken, egal ob dort Glocken oder Kanonen produziert wurden, und jetzt, mit der neuen Eisenbahnlinie, natürlich für den Antrieb der Lokomotiven.

Selbst für Guglielmo war es keineswegs leicht, einen Meiler aufzubauen, und das obwohl er so viel Erfahrung wie sonst kaum jemand in der Gegend besaß. Zudem ließ ihm seit einiger Zeit sein Chef keine Ruhe mehr: Diese Arbeit musste also wirklich gut werden.

Bei abnehmendem Mond hatte er die Bäume gefällt und das Holz entastet, hatte es in ungefähr einen Meter lange Scheite zersägt und nach zwei Wochen Trocknung zum Meilerplatz transportiert. Diesen hatte er sehr sorgfältig ausgewählt, denn er musste windgeschützt und sein Boden wasserdurchlässig sein. Zunächst galt es, diese Holzscheite im Kreis aufzustellen, wobei die dicksten vorher gespalten wurden, damit die Verkohlung problemlos verlief. Dazu hatte er diese drei zweieinhalb Meter langen Pfähle in den Boden gerammt, um die ein Ring aus Ästen und Zweigen geschichtet wurde. Mit ebendiesem Arbeitsgang war er beschäftigt gewesen, als Jole aufgetaucht war.

Und als sie schon längst schlief, arbeitete der Köhler emsig weiter, im Schein von vier Fackeln, die den Meilerplatz erhellten.

Zunächst ordnete er die dicksten Scheite um die Stützpfähle an, dann nach außen hin die dünneren, wobei er den Schacht in der Mitte, den Kamin, freihielt, um dort später die Glut einzufüllen. Schließlich wurden, nachdem alles Holz angeordnet war, die Zwischenräume sorgfältig verschlossen, und so nahm der Meiler in tiefster Nacht mehr und mehr seine typische konische Form an. Aber noch war das Werk nicht vollendet. Was fehlte, war die Decke aus Tannenzweigen, Erde und trockenem Laub, mit der Guglielmo den Meiler abdichtete.

Am frühen Morgen, kurz bevor es hell wurde, konnte der Köhler endlich sein heiliges Feuer entzünden.

Während er die Fackel dem Schacht näherte, wirkte sein Blick andächtig, als steckte in dieser Handlung etwas Magisches, als handelte es sich um ein mystisches, ja fast religiöses Ritual, das er tagelang vorbereitet hatte und nun noch weitere zwei Wochen zelebrieren musste, bevor er den Meiler mit Erde löschen, auskühlen lassen und die gewonnene Kohle lagern konnte.

Mit der Fackel in der Hand schien er sich wie ein heidnischer Priester in grauer Vorzeit zu fühlen. Er stieß

mit einem Stab noch zwei Luftlöcher in den großen
Meiler und legte Feuer an das Holz im Bauch seines
pojats, wie er sein gigantisches Geschöpf nannte.

8

In jener Nacht träumte Jole davon, wie ihr Vater sie zum
ersten Mal mit einem Gewehr hatte schießen lassen.

Es war im Frühjahr des Jahres 1894 gewesen, einige
Wochen vor ihrem sechzehnten Geburtstag. Durch die
Zerreichenwälder des Brentatals waren sie bis zu einer
kleinen Lichtung abgestiegen, die nur einige Dutzend
Schritte vom Fluss entfernt lag, sodass dessen Rauschen
ihre Schüsse übertönen würde. »Hier«, sagte er, indem
er ihr sein Sankt Petrus reichte.

Mit zitternden Händen nahm Jole das Gewehr entgegen. Wie kalt und schwer es war. Erst jetzt nahm sie den
Geruch von Metall und altem Holz deutlich wahr.

»Sieh mal, wie ich es halte«, hatte Augusto etwas
ungeduldig reagiert, indem er ihr die Waffe rasch wieder
aus der Hand nahm, »und mach es mir nach.«

Er legte die Waffe an, zielte auf einen Granitfelsen
in vielleicht dreißig Metern Entfernung und beobachtete, ob seine Tochter es ihm ohne Waffe richtig nach-
machte. Dann gab er ihr das Gewehr zurück und trat
näher an sie heran, um ihre Haltung zu korrigieren.

»Den rechten Ellbogen musst du tiefer halten, und stell dich breitbeinig hin, damit du festen Halt hast.« Er zeigte ihr, wie man die Waffe lud, und sah zu, wie sie es selbst versuchte, und nickte. »Und jetzt los! Schieß auf den Felsen!«

Ihre Hände waren schweißnass vor Anspannung, und es kam ihr so vor, als wöge das Gewehr darin nicht weniger als der ganze Stamm eines alten Kastanienbaums.

»Atme tief durch und schieß!«

Jole atmete tief ein, hielt den Atem an und zielte.

Stärker drang nun das Rauschen des Flusses an ihr Ohr, der sich nur wenige Schritte unter ihr seinen Weg suchte und sich tosend an den Felsen brach, die aus dem Flussbett emporragten. Plötzlich kam es ihr so vor, als berge dieses stete Rauschen alle Schüsse und alle üblen Geräusche dieser Welt, einschließlich der Schmerzensschreie Verwundeter und des verzweifelten Weinens von Kindern. Wenn sie jetzt abdrückte, so dachte sie, würde sie dieser unheimlichen und zugleich ein wenig kindlichen Vorstellung ein Ende setzen. Und so zählte sie im Geiste bis drei, schoss – und fiel zu Boden, weil der Rückstoß so stark war.

Trotz des tosenden Wassers hallte der Schuss von den bewaldeten Hängen des Grappastocks wider.

Kein bisschen besorgt, beugte sich Augusto leicht über sie und sagte ganz ruhig: »Nur beim ersten Mal darf man fallen, beim zweiten Mal muss man stehen bleiben.«

Und im Pulvergeruch, der noch in der Luft gelegen hatte, war Jole aufgestanden und hatte gefragt: »Und der Felsblock? Habe ich ihn getroffen?«

»Den Felsblock nicht. Dafür hättest du mich beinahe umgelegt.«

9

Als das erste Tageslicht auf die Lichtung fiel, brannte der Meiler bereits, auch wenn es noch einige Tage dauern würde, bis eine kräftige Stichflamme aus dem Kamin, ähnlich der eines Vulkanausbruchs, anzeigen würde, dass die Verkohlung begonnen hatte.

Jole stand auf und betrachtete staunend diesen rauchenden Krater, der sich ein paar Dutzend Schritte von ihr entfernt auftürmte und von dem am Vorabend noch kaum etwas zu sehen gewesen war.

Der Köhler war damit beschäftigt, eine Portion Polenta über dem Feuer zu wärmen. Er wirkte erschöpft, aber zufrieden. Jetzt wandte er ihr den Blick zu, und sie winkte. Er antwortete mit einem Lächeln und heftete die Augen auf den Meiler, als wolle er sagen: Nicht schlecht, was?

Sie verloren nicht viel Zeit mit einer Unterhaltung und tranken etwas zusammen, und sie aß von dem

Maisgebäck, das er ihr anbot. Sie dankte ihm, und sie verabschiedeten sich voneinander mit knappen Gesten und ohne große Worte. Sie ritt in den Wald hinein und weiter dem Monte Pavione entgegen.

10

Der Anstieg erwies sich als äußerst beschwerlich. Immer dichter und undurchdringlicher wurden die Wälder aus Kiefern, Rot- und Weißtannen, die sich die Hänge hinaufzogen. Und nachdem sie das Joch des Monte Pavione passiert hatten, wurde der Weg nicht nur steiler, sondern auch viel tückischer. Heftige frühherbstliche Regenfälle hatten den Boden so sehr aufgeweicht, dass sich überall Pfützen und Schlammlöcher bildeten. Sansone fand nur noch mühevoll Tritt, tief versanken seine Hufe in dem Morast, und dennoch wagte Jole es nicht abzusteigen, weil sie fürchtete, den Aufstieg zu Fuß nicht zu schaffen.

Vier Stunden lang kämpften sie sich auf diese Weise voran, während ein Schwarm Krähen ihnen die ganze Zeit über folgte. Sie krächzten in einem fort und riefen so weitere Vögel herbei, die sich ringsum auf den Ästen niederließen, um zu beobachten, wie diese beiden, das Mädchen und das Pferd, sich verzweifelt den Berg hinaufmühten.

Als das Gelände endlich wieder steiniger und fester wurde, atmete Jole erleichtert auf, und die Krähen, vielleicht enttäuscht, flogen davon.

Nun galt es, das weite Geröllfeld zu queren. Sansones Tritt war wieder sicherer geworden, aber man merkte ihm die Folgen des strapaziösen Anstiegs an. Zusätzlich begann auf dieser Höhe die Sonne allmählich zu stechen.

»Ja, gut, weiter so«, machte Jole ihm Mut, und um ihn nicht zu überanstrengen, ließ sie ihn in die Macchia aus Zirbelkiefern eintauchen und gleich wieder herauskommen, als folgten sie den Kehren eines imaginären Pfades.

Die Steine des Geröllfeldes glühten in der Sonne, und Jole konnte nur hoffen, dass die Vipern in dieser Gegend bereits Winterschlaf hielten. Wenn Sansone gebissen würde, müsste sie sofort ihre Pläne begraben.

Je höher sie kamen, desto schwächer und verwundbarer fühlte sie sich.

Dort vorne, bei der Nordflanke, lag die Grenze, gleich würden sie da sein, jetzt hieß es, die Augen noch besser offen zu halten.

Jole wusste nur zu gut, dass die Gegend um die Grenze herum besonders scharf bewacht wurde. Regelmäßig patrouillierten österreichische und italienische Gendarmen auf dem Monte Pavione. Vor ihr lag nicht nur der anstrengendste, sondern auch der gefährlichste Teil des Weges.

Als sie ungefähr die Hälfte des Anstiegs über das Geröllfeld geschafft hatten, begann der Himmel sich zu verschleiern und sehr rasch zuzuziehen. Sansone hatte einen Wasserlauf gewittert, der sich vom Gipfel hinab zwischen den weißen Steinblöcken, von denen sie umgeben waren, seinen Weg bahnte. Und so machten sie Halt und stillten beide ihren Durst.

Jole setzte ihren Hut ab und trank mit gierigen Schlucken, bevor sie begann, alle Wasserbehälter, die sie mit sich führte, neu aufzufüllen. Als sie sich den Schweiß von der Stirn wischte, fiel ihr auf, dass die Temperatur gefallen war: Eine Windböe strich ihr unangenehm kühl über die Schläfen und die Haut im Nacken unter dem roten Halstuch, das schweißgetränkt war. Was zunächst nur eine leichte Brise war, steigerte sich rasch zu einem kräftigen, ja, stürmischen Wind.

Es war ein seltsamer Wind, trügerisch, wechselhaft und unvorhersehbar, der um die Felsen pfiff und die Grasbüschel niederdrückte und dabei furchterregende Laute erzeugte, die sich wie Kriegsgeschrei anhörten, wie unheimliche Stimmen, die aus verborgenen Sphären des Himmels zu kommen schienen, um alle Wesen abzuschrecken, die sich bis hier hinauf vorgewagt hatten.

Jole erinnerte sich, wie sich vor über zwei Jahren genau hier ebenfalls ein stürmischer Wind erhoben und sie so heftig gepackt hatte, dass sie sich kaum auf den Beinen hatte halten können.

»Das ist kein Wind wie andere auch …«, hatte ihr Vater gesagt und die Stirn in Falten gelegt. Jole hatte geschwiegen, denn sie wusste, wenn ihr Vater so die Stirn runzelte, würde sie gleich etwas Wichtiges, vielleicht sogar Geheimnisvolles von ihm erfahren. Sie hatte ihn respektvoll angesehen und darauf gewartet, dass er weitersprach.

»Das ist kein Wind wie andere auch«, wiederholte er nach einer Weile, »sondern die sagenhafte Seele dieser Grenze, ein urzeitlicher Geist, der mindestens so alt ist wie dieses Gebirge selbst. Dieser Geist zeigt sich als Sturm, und im Laufe der Jahrhunderte ist er mal hier, mal dort aufgetreten, weil er dem Verlauf der Grenze folgt, die die Menschen verschieben.«

Ein Schauer überkam Jole, als sie sich an diese Worte erinnerte.

Sie blickte erst zum Gipfel des Monte Pavione, dann auf den Kamm westlich davon, etwa zweihundert Meter darunter.

»Dort müssen wir rüber, Sansone«, sagte sie zu ihrem Pferd, »da liegt unser Pass.«

Unwillkürlich stellte sie sich vor, wie ihre Mutter, ihre Schwester und ihr Bruder zu Hause saßen und auf sie warteten. Sie verließen sich darauf, dass sie stark und entschlossen war, und Jole durfte sie nicht enttäuschen. Ihr fiel wieder ein, dass die Augen ihrer Mutter wie das letzte Eis auf den Wiesen im April wässerig geglänzt hatten, als sie aufgebrochen war. »Mama«, hatte sie zu ihrer Mutter gesagt, während sie sich auf Sansones Rücken schwang, »mach dir keine Sorgen, ich komme heil zurück, du wirst sehen …«

»Pass auf dich auf, mein Kind.«

»Das mache ich.«

In den zurückliegenden zwei Jahren war ihre Mutter immer magerer geworden, bis sie so dürr war wie der Zweig einer Lärche. Antonia und Sergio hatten sich zu beiden Seiten des Pferdes an Joles Beine geklammert, als wollten sie sie nicht fortlassen.

»Sei nur vorsichtig«, hatte ihre Schwester zu ihr gesagt, während sie weiter ihr Bein festhielt.

»Klar, mach dir keine Gedanken.«

Sergio hatte ihr so fest in den Oberschenkel gekniffen, dass sie zusammenzuckte.

»Aua! Was machst du denn da, mein Kleiner?«

»Denk immer an mich!«

Sie hatte ihn angelächelt und ihn aufs Pferd hinaufgezogen, ihm die Haare zerzaust und einen Kuss auf die Stirn gegeben.

Allen dreien hatte sie versprochen, dass sie es schaffen würde. Sie musste ihr Wort halten.

»Jetzt zieh schon los, du Dickkopf. Was soll ich machen, du bist eben eine De Boer … Zieh los, bevor ich's mir anders überlege und dich wieder absteigen lasse!«, hatte ihre Mutter sie aufgefordert. Ihre mitfühlende Stimme, die meistens fröhlich leuchtenden Augen ihrer

Schwester und das verträumte Wesen ihres Bruders begleiteten sie den ganzen Weg.

Immer heftiger peitschte der Wind über die Höhe. Eine Böe riss ihr fast den Hut aus der Hand. Sie faltete ihn zusammen und verstaute ihn in einer der unzähligen Taschen, die an Sansones Flanken befestigt waren und in denen der wertvolle Tabak steckte.

Sie schaute zum Himmel empor und ließ den Blick ringsum über das Gelände schweifen, aufmerksam wie ein Königsadler. Keinerlei verdächtige Bewegungen waren zu erkennen. Nichts wies darauf hin, dass Grenzsoldaten unterwegs waren. In gewisser Weise fühlte sie sich vom Glück begünstigt und schwang sich erneut auf den Rücken des Haflingers. »Es ist nicht mehr weit, mein Freund«, sagte sie zu ihm. »Von dort oben werden wir vielleicht schon das Primörtal sehen können, und wenn alles gut geht, sind wir heute Abend dort.«

Während sie weiterzogen, versuchte Jole, sich die Zeit zu vertreiben und von den Strapazen abzulenken, indem sie fest an ihr Ziel dachte und daran, wie sehr sie sich bisher in ihrem Leben immer hatte mühen müssen, um etwas zu erreichen.

Auf dem beschwerlichen Anstieg zum Pavione-Gipfel holte sie wieder einmal das Holzpferdchen hervor, das sie damals im Spiel mit dem kleinen Sergio geschnitzt hatte, und presste es in ihrer rechten Hand, als wolle sie es in ihr Fleisch, in ihr Blut aufnehmen. Sie begann zu weinen, aber während ihr die Tränen über die Wangen liefen und sich Sansone unter ihr Schritt für Schritt den Berg hinaufkämpfte, fühlte sie sich stärker denn je zuvor als eine De Boer, denn sie wusste: So wenig ihr das Leben bisher auch geschenkt hatte, dieses Wenige verdankte sie einzig und allein der Kraft und dem Zusammenhalt ihrer Familie.

Nach zwei weiteren Stunden hatten sie endlich den Pass erreicht. Im Schutz eines Felssporns an der höchsten Stelle machten sie Rast.

Jole reckte sich Richtung Nordhang vor, deutete auf einen Punkt vor ihnen und sagte an ihr Pferd gewandt:

»Schau mal, dort unten hinter diesen Latschenkiefern verläuft die Grenze! Man kann das Noanatal sehen, das Primör- und auch das Canalital: eine Minengegend mit Kupfer und Silber. Und dort will ich heute Abend sein.«

11

Sie machte nur wenige Minuten Rast, so lange, wie nötig war, damit ihr Pferd seinen Durst stillen und wieder zu Kräften kommen konnte. Dann begann sie mit dem Abstieg. Die Zügel fest in der Hand, führte sie Sansone den steilen und gefährlichen Weg hinab. Der Wind brauste weiter, heftig und ohne Unterlass, und sein Heulen klang wie eine Warnung, doch sie ließ sich nicht abschrecken

und setzte konzentriert einen Fuß nach dem anderen auf
das bröcklige Gestein. Ihr einfaches Schuhwerk wurde
einer harten Belastungsprobe ausgesetzt: In einem fort
stießen ihre Stiefel gegen die hellen, staubbedeckten Steine
des Geröllfelds, sorgten für Blutergüsse und Blasen an
ihren Zehen. Sie verfluchte dieses kantige Gestein, das ihre
Knöchel, ihre Knie und Hüften malträtierte. Sansones
Tritt hingegen war fester und sicherer, ihm fiel der Abstieg leichter als ihr, die sich nicht auf vier stämmige Haf-
linger-, sondern nur zwei schlanke Mädchenbeine stützen
konnte. Irgendwann blieb sie stehen und hob den Blick.

Der Sturm peitschte förmlich ihre Wangen und trieb
ihr Staub in die Augen, und sie hatte das Gefühl, die
Windböen würden ihr Worte zuzischen, die streng und
bedrohlich klangen. Als sie die Kiefern erreicht hatte,
legte der Wind sich unvermutet. Die Luft schien regel-
recht zu stehen unter einer Sonne, deren Strahlen die
hohe, sich rasch auflösende Wolkenschicht durchbrachen.

Die bedrohliche Stimme war verstummt. Die Seele
der Grenze hatte sich beruhigt.

Jole blickte sich um: Wenn ihre Orientierung stimmte,
hatten sie die Grenzlinie gerade überschritten.

Weit unter ihr, noch jenseits der Schlucht des Noanatals, waren klar und deutlich einige Dörfer des Primörtals
zu erkennen. Als sie zurückblickte, sah sie den Gipfel des
Monte Pavione fern hinter sich liegen. Ein ordentliches
Stück des Abstiegs war bereits geschafft. Sie stieß einen

Seufzer der Erleichterung aus, betastete ihre Knie und rieb sie sanft, ließ sich dann auf einem rundlichen Felsblock nieder und zog sich die zerkratzten Stiefel aus, die mit weißgrauem Staub, feiner noch als Mehl, überzogen waren. Sie massierte ihre Füße, die voller Blasen waren und höllisch schmerzten.

Dann ließ sie den Blick ringsum über die Berge schweifen. Zu ihrer Rechten erblickte sie die Palagruppe – schroffe Felsgipfel kontrastierten mit dem lieblichen Anblick weiter Hochflächen. Überwältigt hielt sie inne, schloss die Augen und betete zur Madonna, mehr aus abergläubischer Gewohnheit als aus echter Frömmigkeit. Sie löste ihr Haar, band es neu zusammen und setzte den Hut wieder auf.

Während sie so dasaß, spürte sie plötzlich, dass Sansone auf sich aufmerksam machte, indem er sie an der linken Schulter anstupste. Sie fuhr herum und schaute sich aufmerksam um. Worauf wollte das Pferd sie hinweisen?

Beinahe hatte sie sich wieder beruhigt und glaubte, dass alles in Ordnung sei, als sie zu ihrer Rechten, am unteren Rand des Geröllfeldes, einige Männer in Uniform erkannte. Augenblicklich duckte sie sich und zog auch Sansone zu sich nieder.

Es war unwahrscheinlich, dass die österreichischen Soldaten oder Angehörige der Zollwache, wie die gefürchteten Grenztruppen bei den Österreichern hießen, sie gesehen hatten oder sie dort, wo sie kauerte, jetzt noch entdecken würden. Dennoch schien es ihr ratsam, sich nicht zu rühren, abzuwarten, was sie vorhatten, und vor allen Dingen darauf zu hoffen, dass sie bald wieder verschwanden. Von den duftenden Zweigen der Latschenkiefern verborgen, beobachtete sie jede Regung dieser Männer. Fast eine Stunde lang mussten sie in ihrem Versteck ausharren. Sie nutzte die Zeit, um sich mit Käse zu stärken und etwas zu trinken und außerdem, um Luft an ihre Füße zu lassen und mit Kiefernharz ihre Blasen zu behandeln. Irgendwann bemerkte sie, dass dort, wo sie saß, Löwenzahn blühte, dessen leuchtendes Gelb einen besonderen Kontrast zu dem grauen Gestein bildete, das sie umgab.

Sie pflückte eine Blüte und verlor sich eine Weile lang im Anblick der Blütenblätter. Und diese Blumen wachsen immer und überall, dachte sie, in den Tälern und auf den Höhen, zu jeder Jahreszeit, außer im Winter, wenn die Wiesen schneebedeckt sind. Sie sind das wahre Symbol der Natur und der Freiheit. Oberhalb und unterhalb von ihr war das gesamte Geröllfeld mit Löwenzahnblüten gesprenkelt, sowohl diesseits als auch jenseits der Grenze, wie um deutlich zu machen, dass es für sie, im Gegensatz zu den Menschen, keine Grenzen gab.

Endlich begann der Trupp Männer langsam den Nordhang des Monte Pavione hinaufzusteigen. Sobald sie sicher war, dass sie seitlich von ihr eine Höhe erreicht hatten, von der aus die Männer sie unmöglich erkennen konnten, zog Jole sich wieder Strümpfe und Stiefel an, ließ Sansone aufspringen und setzte sich in Marsch. Krämpfe plagten sie, und ihre Füße und Beine schienen zu brennen wie trockene Buchenholzscheite im Kamin.

Sie kam an einer Gruppe Steinböcke vorbei, die friedlich und gleichmütig zu ihnen herüberschauten, und weiter talwärts sah sie einige Gämsen, die sich wie besessen um die eigene Achse drehten und dabei Steine lostraten, von denen einer einen gewaltigen Steinschlag auslöste.

Eine Stunde später gelangten sie zum sogenannten Val dei Salti zu Füßen des gewaltigen Geröllfeldes und erreichten bald darauf die ersten Lärchen und Tannen, die so vereinzelt wuchsen, als wollten sie nichts miteinander zu tun haben. Hier wurde der Hang flacher, und Jole konnte aufsteigen. Talwärts ritt sie durch einen Wald aus Weißtannen, der so licht und sauber wirkte, als bewege sie sich durch die Gänge eines Labyrinths, das sich endlos vor ihr ausbreitete.

Sie hatte es geschafft, sie hatte die gefährliche Grenze passiert. Diese Gewissheit schenkte ihr neue Kraft. Tatsächlich hatte sie jetzt schon, unabhängig von ihrem eigentlichen Ziel, Großes geleistet.

Sie dachte an den Mythos dieser Grenze, an all die Geschichten, in denen sie eine Rolle spielte, vor allem aber dachte sie, dass jede Grenze im Grunde nichts weiter als eine willkürlich gezogene Linie war, die sich Menschen ausgedacht hatten, um andere Menschen auszubeuten und zu unterdrücken …

So hatte ihr Vater es ihr erklärt, und das war auch ihre Überzeugung.

Welchen Sinn konnten Grenzen haben, wenn sich die Bäume im Wald und die Vögel und Wölfe und alle Tiere hüben wie drüben in nichts unterschieden und diese Linien gar nicht beachteten? Nein, die echten Grenzen verliefen tatsächlich anders. Die echten Grenzen, so hatte ihr Vater es ihr auf ihrer gemeinsamen Tour eingeschärft, trennten die Reichen und Mächtigen auf der einen von den Armen und Machtlosen auf der anderen Seite, jene, die alles im Überfluss besaßen, von denjenigen, die Hunger litten und sich täglich schinden mussten für ein wenig Polenta auf dem Teller. Nur das seien echte Grenzen, hatte ihr Vater gesagt.

Hätte jemand sie in diesem Moment aufgefordert, sich für dieses Abenteuer so etwas wie eine Losung zu geben, so wäre ihre Wahl zweifellos auf »Löwenzahnblüte« gefallen.

Zufrieden dachte sie daran, dass ihr Vater und ihre ganze Familie jetzt stolz auf sie wären. Gewiss, sie hatte es nicht zum ersten Mal geschafft, doch zum ersten Mal allein, und während sie immer tiefer in den Wald eindrang, der sich ins Tal hinunterzog, spürte sie, dass sie eine bedeutende Prüfung bestanden hatte.

Sie fühlte sich als erwachsene Frau.

»Ya!«, rief sie, »und weiter geht's.«

12

Die Erinnerungen von ihrer ersten Reise über die Grenzen halfen ihr, sich zu orientieren – die Richtung zu erahnen, die sie einschlagen, die Pfade, denen sie folgen musste, um an ihr Ziel zu gelangen. Beispielsweise fiel ihr wieder ein, dass dieser Abschnitt ihres Weges ins Tal hinab nicht schwierig war: Er führte durch ausgedehnte Lärchen- und Tannenwälder, die immer wieder von Bächen durchflossen wurden, die leicht zu überqueren waren.

In den ersten Stunden des Abstiegs machten ihr auch weniger die Tücken der Natur zu schaffen als vielmehr ihre eigene Müdigkeit. Immer wieder nickte sie kurz ein, und auch Sansone schien erschöpft, sein Tritt wurde unsicherer, und es fiel ihm schwerer und schwerer, seinen festen, gleichmäßigen Gang beizubehalten.

Viel heikler aber noch wurde es, als die Lärchen- und Tannenwälder den furchterregenden Wänden aus glattem Fels wichen, die fast senkrecht zum Noanatal abfielen: eine Schlucht, ein echter Canyon, den der gleichnamige Fluss in Millionen von Jahren in den Felsen gefressen hatte.

Alle Bäche und Rinnsale, die bis dahin ihren Weg gesäumt oder gekreuzt hatten, mündeten nun in einen einzigen reißenden Fluss, der mit zerstörerischer Gewalt und schäumenden Stromschnellen, die zum Teil meterhohe Wellen aufwarfen, durch die Schlucht schoss. Ein faszinierendes Schauspiel, aber auch ein Stück ihres Weges, das so gefährlich war, dass damals selbst die Nervenstärke ihres Vaters auf eine harte Probe gestellt worden war. »Bind den Maulesel fest! Da an die Eiche!«, hatte ihr Vater gegen den Lärm der Wassermassen geschrien, die durch die Schlucht unter ihnen tosten.

Jole hatte das Ende der Leine ergriffen und sich nach dem Baum umgesehen, als plötzlich der Boden unter den Hufen des Maulesels weiter nachgab und Ettore bis zur Felskante über dem Abgrund schlitterte.

»Verdammt!«, brüllte Augusto und erreichte mit zwei Sprüngen seine vor Entsetzen starre Tochter, riss ihr die Leine aus der Hand, schlang sie um den Eichenstamm, verknotete sie und hatte im Nu den Maulesel und die ganze Fracht gerettet.

»Du musst wacher sein und flinker!«, herrschte Augusto sie an.

»Tut mir leid, Papa.«

»Denk immer dran, Jole: Der Kampf ums Überleben dauert ein Leben lang, sterben jedoch kannst du in einem Moment.« Und während er das sagte, hatte er ihr über den Kopf gestreichelt.

Jole kehrte in die Gegenwart zurück und konzentrierte sich ganz auf den Abstieg. In wenigen Augenblicken hatten Angst und Adrenalin ihre Müdigkeit und alle Anzeichen von Erschöpfung hinweggefegt, sodass sie sich jetzt wach und reaktionsschnell fühlte.

Sie blieb auf Sansone sitzen, tastete sich vorsichtig an den Steilhang heran und fand den Pfad zu dem Fluss hinunter, den sie einige Kilometer entlangreiten würden, um sich am Talausgang in nördliche Richtung zu wenden, nach Imer und Mezzano, dem Ziel ihrer abenteuerlichen Reise.

Es war unendlich mühsam, diese verfluchte Wand hinunterzugelangen, und irgendwann war Jole sogar gezwungen, sich selbst und ihr Pferd am Stamm einer riesengroßen, wohl drei bis vier Jahrhunderte alten Eiche anzubinden und zu sichern. Ihr schien es fast, als habe der Baum all die Jahre nur darauf gewartet, dass sie des Weges kam, um ihr bei diesem gefährlichen Abstieg zu helfen.

Eingezwängt zwischen den hoch aufragenden Steilwänden der Schlucht, lag das ersehnte Flussufer unter ihr, und als sie es endlich erreicht hatte, verließen sie plötzlich alle Kräfte. Im Lärm des hinabströmenden Wassers saß sie wie erstarrt auf Sansones Rücken und schaute zum Himmel hinauf.

Die Sonne stand im Zenit, und ein Schwarm Krähen kreiste über ihrem Kopf, geduldig wie alle Tiere, die der Wechsel der Jahreszeiten unberührt ließ.

Joles Mund war so trocken wie die Rinde einer Rottanne.

Als sie abstieg, wurde ihr schwindlig. Hände und Füße fühlten sich taub an, und in ihren Haaren kribbelte es, als wuselten dort unzählige Ameisen umher: Kalter

Schweiß trat ihr auf die Stirn. Sie wollte sich hinsetzen, doch plötzlich wurde ihr schwarz vor Augen, und sie brach zusammen und blieb reglos liegen.

13

Zum Abendessen hatte es Polenta, Ricotta und Karden gegeben. Agnese hatte am Kopfende des Tisches gesessen, auf dem Platz ihres Ehemanns, der seit über einem Jahr verschollen war, Jole ihr gegenüber, und Antonia und Sergio links und rechts von ihnen. Niemand sprach. Die Haut ihrer Gesichter und Hände war braun gebrannt und fühlte sich trocken wie das Geweih eines Rehbocks an. Es war Mitte September, und alle vier hatten von Sonnenaufgang bis spät abends zwischen den Tabakpflanzen geschuftet, hatten die Blätter geerntet und sie zum Vergilben eingelagert.

Gerade eben hatte sich Agnese mit einem Faden eine Scheibe Polenta abgeschnitten und, vor Müdigkeit die Augen schließend, zum Mund geführt, als Sergio unvermutet fragte, wann Papa wiederkomme.

Agnese riss die Augen auf, schaute zu Jole hinüber, dann auf ihre Polenta und schließlich auf das Kreuz an der Wand über der Tür. Durchs Fenster fielen die letzten, schwachen Sonnenstrahlen. In der Stube roch es nach Schimmel, verbranntem Holz und Tabak.

Jole stand auf und legte ein Holzscheit in den Ofen. Antonia nahm ihren Teller und ging zum Fenster hinüber, um sich den Sonnenuntergang anzuschauen, der heute besonders melancholisch war.

»Papa ist tot, stimmt's?«, fuhr der Junge fort.

»So was darfst du nicht sagen!«, rief Agnese da, »und nicht einmal denken.«

Abrupt erhob sie sich, ließ auf ihrem Teller die Polentascheibe zurück, einen Klacks Ricotta sowie die Kardenblätter und ging zum Schlafzimmer hinüber.

Jole beugte sich zu ihrem Brüderchen vor, sah ihm fest in die Augen und sagte: »Wenn du jemanden richtig lieb hast, ist dieser Mensch immer bei dir, verstehst du?«

»Nein«, antwortete Sergio, »der Papa fehlt mir so, Jole …«

Da hatte sich Antonia umgedreht, war zu ihnen an den Tisch zurückgekehrt und hatte die beiden Geschwister in den Arm genommen. Unterdessen hatten sich die letzten Sonnenstrahlen hinter die Berggipfel geduckt und erst dem Abend und dann der tiefen Nacht Platz gemacht.

14

Als sie wieder zu sich kam, brummte Jole der Schädel. Ihre Augen waren noch halb geschlossen, und sie vermochte es nicht, die Umrisse der Dinge klar zu erkennen.

Dennoch meinte sie, Sansones Maul ganz dicht vor sich zu sehen. Gleich darauf spürte sie etwas Feuchtes und Raues im Gesicht. Ein seltsames Gefühl. Sie schlug die Augen ganz auf und begriff, dass Sansone tatsächlich dabei war, sie abzuschlecken, damit sie endlich aufwachte.

Mit dem Hemdsärmel fuhr sie sich übers Gesicht, setzte sich auf und stemmte sich mühsam hoch. Im gleichen Moment stießen sich vielleicht ein Dutzend Kolkraben von den Ästen der Linden ab, die das Ufer umstanden, und flogen traurig krächzend auf. Schnaubend legte Sansone sein Maul auf Joles rechte Schulter. Sie streichelte ihn, und während sie benommen und mit heftigen Kopfschmerzen dastand, hatte sie das Gefühl, tagelang geschlafen zu haben. Doch als sie zum Himmel aufschaute, bemerkte sie, dass die Sonne immer noch dort stand, wo sie sie zuletzt gesehen hatte: genau über ihr. Offenbar war sie nur wenige Sekunden bewusstlos gewesen.

Wieder musste sie an ihren Vater denken. Wann er wohl gestorben war? Und wo? Und wie? Obwohl er nicht mehr da war, spürte sie ihn ständig an ihrer Seite, sein Schweigen, sein Blick, der oft tadelnd war, aber genauso oft Wärme und Zuneigung ausstrahlte, waren allgegenwärtig

Sie schob den Gedanken zur Seite, wandte sich Sansone zu, nahm dem Haflinger alles Gepäck ab und deponierte es so am Ufer, dass es vor dem Sprühnebel und den Spritzern des zu Tal rauschenden Flusses geschützt war. Mit einem Klaps forderte sie ihn auf, an einer Stelle mit weniger starker Strömung ins Wasser zu steigen. Dort wollte sie sein Fell von all den Erd-, Schlamm-, Staub- und Schweißresten befreien und die Insektenschwärme verscheuchen, die ihn wieder umschwirrt hatten.

Um diese Tageszeit und an dieser vollkommen windgeschützten Stelle der Schlucht, wo die Sonne senkrecht niederbrannte und ihre Strahlen von den hohen Felswänden zurückgeworfen wurden, war es im Herbst richtig heiß. Jole schlenderte einige Schritte talwärts und gelangte zu einer Stelle, wo sich der Fluss im Laufe der Jahrhunderte ein natürliches Steinbecken geschaffen hatte, mit blauem, ruhig daliegendem Wasser, das hier wohl gut einen Meter tief war. Sie wusch sich das Gesicht und zog sich, mit den Stiefeln beginnend, nach und nach ganz aus und genoss die wohlige Wärme der Sonne auf ihrer glatten Haut. Schließlich trat sie einen Schritt vor und ließ die Zehen über die lockende Wasserfläche gleiten. Mit Ausnahme des Gesichts und der Hände war

118

die Haut an ihrem ganzen Körper hell wie der Mond-
aufgang, und ein leichter Schauer durchfuhr sie.

Sie schloss die Augen, zählte im Geiste bis vier, und
bei fünf sprang sie ins Wasser, das sich so kalt wie frisch
getauter Schnee anfühlte.

Ohne lange nachzudenken, tauchte sie ganz unter,
hielt die Luft und versank in dem Schmelzwasser, während sie am ganzen Leib eine Gänsehaut bekam. Ihre
Muskeln erwachten und erstarkten wieder. Als sie schließlich wieder auftauchte und die Augen öffnete, fühlte sie
sich wie neugeboren. Das Wasser schien auf wunderbare Weise alle Müdigkeit und alle Schmerzen von ihr
genommen zu haben. Die blauen Flecke und die Blasen
an den Füßen, die Kratzer und sogar alle Ängste und
bedrückenden Gedanken waren verschwunden.

Das Wasser reichte ihr jetzt bis zum Brustbein. Eine
Weile stand sie da und fuhr sich mit den Händen durch
das nasse Haar. Sie ließ die Handflächen über ihr Gesicht gleiten, streichelte ihre Wangen, die Lippen, den
Hals. Sanft berührten ihre Hände Po und Schenkel, fuh-
ren dann wieder hinauf über den Bauch zu ihren Brüs-
ten, die fest waren und weiß wie Marmor, deren Brustwarzen sich hart aufrichteten. So streichelte sie sich,
während sie dort in dem wohltuenden Wasser stand,
und je intensiver sie ihren Körper unter ihren Händen
und Fingerspitzen wahrnahm, desto besser fühlte sie
sich.

Ein Junge fiel ihr ein, der ihr einige Monate zuvor im Marmorsteinbruch bei Sasso aufgefallen war, und einen Moment lang hatte sie ihn vor Augen und stellte sich vor, seine Hände seien es, die sie streichelten, die Hände dieses Jungen, der schön war, groß und mit dunklem Haar. Als sie aus dem Wasser stieg, zitterte sie wie im Dezember ein letztes noch am Baum verbliebenes Birkenblatt, und ihr nasses Haar war jetzt so lang, dass es bis zu den Grübchen gleich über den Pobacken reichte. Rasch hüpfte sie zu ihren Sachen, griff zu einer ihrer Hanfdecken und trocknete sich damit notdürftig ab. Ein Pfiff, und Sansone stieg ebenfalls aus dem Wasser und trabte zu ihr.

»Jetzt siehst du gleich zwei Jahre jünger aus«, sagte Jole lachend zu ihm.

Sie zog sich wieder an, breitete ihre Haare auf einem Felsblock wie einen Fächer aus und wartete, dass sie ein wenig trockneten. Dann band sie sich das rote Halstuch um, das sie vorher durchs Wasser gezogen und gereinigt hatte, und belud Sansone, setzte den Hut auf, den Rucksack, legte sich das Gewehr über die Schulter und machte sich auf den Weg.

Die letzten beiden Stunden durch das Noanatal verliefen ruhig.

Sie erreichte das Primörtal, von dem aus sich Richtung Osten zwei hohe alpine Ausläufer aufschwangen, die sich bis zu den Minen des Val Tiberina fortsetzten.

Es war gegen vier Uhr, als sie nach einer Reise von zweieinhalb Tagen und rund siebzig Kilometern vor die Tore des Städtchens Imer gelangte.

Eine Weile hielt sie sich im Wald verborgen und versuchte, sich daran zu erinnern, wo die genaue Stelle lag, an der ihr Vater drei Jahre zuvor ihren Maulesel Ettore angebunden und die gesamte wertvolle Tabakladung versteckt hatte.

Sie querte einige unwegsame, wahrscheinlich von Jägern gespurte Pfade und gelangte zu einem Felsvorsprung, unter dem ein Kreuz aus dunklem Holz aufgestellt war. Mit gesenktem, leidendem Blick schaute Christus zu einer tiefen, von Büschen und Ästen halb verborgenen Grube hinunter, wahrscheinlich eine Bärenfalle, wie sie in dieser Gegend häufig angelegt wurden. An dieses Kreuz konnte sich Jole nicht erinnern – es war wohl erst kürzlich aufgestellt worden –, an diesen Felsvorsprung und die Bärengrube hingegen sehr wohl. Ein kleines Stück in südwestliche Richtung stieg sie den Hang wieder hinauf und gelangte in einen dichten, verwilderten Wald. Hier hatte ihr Vater, wie ihr plötzlich einfiel, einige Bäume mit seinen Initialen markiert.

Sie stieg vom Pferd und bewegte sich, wie eine Pilzsammlerin suchend, hierhin und dorthin, bis sie endlich fand, was sie suchte: drei Rottannen, die wie die Eckpunkte eines gleichschenkligen Dreiecks mit zwanzig

Metern Seitenlänge beieinanderstanden und in deren Rinde deutlich erkennbar drei Buchstaben eingeritzt waren: ADB.

An einer dieser drei Rottannen band sie Sansone an, schritt zum Mittelpunkt des Dreiecks, kniete nieder und begann mit pochendem Herzen zwischen Gras und Herbstlaub, Moos und abgebrochenen Zweigen herumzuscharren. Es dauerte eine Weile, bis sie schließlich entdeckte, was sie gesucht hatte: vier feuchte, von Würmern durchlöcherte Holzbretter.

Mit einem Ruck hob sie nacheinander alle vier an, und zum Vorschein kam eine große Grube, die ihr Vater ausgehoben und als Versteck für seine Tabakladungen genutzt hatte.

Ein Lächeln glitt über Joles Gesicht. Sie kehrte zu Sansone zurück, band die gesamte Ware los und versteckte sie Stück für Stück, bis zum letzten Tabakbeutel, in der Grube. Auch den Tabak, den sie in ihre Kleidung eingenäht oder in den Innentaschen und Aufschlägen ihrer Kleidung versteckt hatte, legte sie dazu und griff zum ersten Brett, um das Versteck wieder zu verschließen.

In diesem Moment geschah es, dass sie das Heiligenbildchen entdeckte, ganz zufällig, als sie gerade das Brett anhob. Es lag am Rand der Grube im Laub, verblichen und halb zersetzt nach der langen Zeit in der Feuchtigkeit des Waldes. Kein Zweifel, das war der heilige Martin, den ihr Vater immer mit sich geführt hatte. Sie nahm das Bild sanft in die erdverschmutzten Hände und presste es an die Brust.

Tränen traten ihr in die Augen, und dennoch versuchte sie, einen kühlen Kopf zu bewahren.

Papa muss auf alle Fälle hier gewesen sein, bevor er starb, überlegte sie.

Eine ganze Reihe von Fragen schwirrten ihr durch den Kopf, ohne dass sie Antworten wusste. Hatte ihr Vater das Heiligenbild zufällig verloren oder absichtlich liegen lassen, in der Hoffnung, dass sie es früher oder später finden würde? Oder war er vielleicht in einen Hinterhalt geraten und genau hier an dieser Stelle erschossen worden?

In diesem Moment wurde ihr klar, dass dieses Versteck nicht mehr sicher war, und obwohl das letzte Tageslicht quer durch die Baumkronen einsickerte und die ersten Uhus zu rufen begannen, beschloss sie, sich rasch ein anderes zu suchen.

Sie hatte auch eine kleine Schaufel mit auf den Weg genommen, die sie jetzt holte. Sie lief damit vielleicht hundert Meter in südliche Richtung, tiefer in den Wald hinein, fand drei Tannen, die in ähnlichem Abstand voneinander standen, mit einem Fliegenpilz in der Mitte. In dem Unterholz, das nach Himbeeren und Pilzen duftete, begann sie zu graben, bis eine Grube entstanden war, die zwar kleiner als die andere, jedoch für ihre Zwecke groß genug war. Zurück bei der ersten Grube, legte sie die Bretter zur Seite und holte alles wieder hervor, was dort deponiert war, einschließlich ihres Gewehrs, trug es Stück für Stück hinüber und verstaute es dort. Nach weniger als einer Stunde war alles umgeschichtet. Das Loch deckte sie mit Kiefernzweigen, Blättern, Erde und Moos ab. Sie holte Sansone, band ihn wenige Schritte von ihrem Versteck entfernt an einer Steineiche fest, nahm ihr Messer zur Hand und schritt damit das Dreieck zwischen den drei Tannen ab. Und in jedem Baumstamm schnitzte sie einen Buchstaben: JDB.

Als sie sich niederließ, um etwas zu essen, drei Scheiben Presswurst, Schwarzbrot und eine fingerdicke Scheibe Morlacco-Käse, bemerkte sie ein Eichhörnchen, das sich vorsichtig näherte, es sich dann aber anders überlegte und flink eine Schwarzkiefer hinaufkletterte.

Sie trank ein wenig von dem Wasser, das in einer ihrer beiden Feldflaschen übrig war, und ließ den Rest in Sansones durstiges Maul laufen.

»Ich bin bald zurück«, flüsterte sie ihm zu und streichelte seine Nüstern.

Während das goldene und orangefarbene Licht des Sonnenuntergangs im Unterholz in unzählige Strahlen zersplitterte, band sie sich das Haar zusammen, setzte den Hut auf, steckte das Heiligenbildchen ihres Vaters ein und ging, wachsam wie ein Luchs, in den Ort hinunter.

15

Imer – in diesem Städtchen würde es sich entscheiden.

Die Sonne war im Begriff, hinter den Gipfeln der Lagorai-Kette zu versinken, wenngleich sie noch die Straßen von Imer scharf in Licht und Schatten teilte. Im Norden, auf der gegenüberliegenden Seite, entflammten diese Sonnenstrahlen die Wände der Pala-Gruppe zum betörenden Schauspiel des dolomitischen Gipfelglühens, *enrosadira*.

Über die nur hier und dort gepflasterten Gassen gelangte sie zum Marktplatz. Am Dorfbrunnen wusch sie sich das Gesicht und füllte die Feldflaschen, die sie an einer Schlaufe ihrer Kniebundhose befestigt hatte. Ein kleiner Mischlingshund kam schwanzwedelnd angelaufen, stellte sich auf die Hinterbeine und leckte ihr über die Hände, mit denen sie sich am Brunnenrand abstützte. Jole streichelte ihm über den Kopf, doch fast augenblicklich rief ein lauter Pfiff den Hund zurück, der sofort von Jole abließ und sich bald in den Gassen des Ortes verlor.

Argwöhnisch schaute sie sich um, obwohl die Vernunft ihr sagte, dass sie keinen Grund zur Beunruhigung hatte, der Tabak und das Gewehr waren im Wald gut versteckt, sie hatte nichts zu befürchten. Dennoch war es ratsam, sich nicht ansprechen zu lassen und von Uniformierten fernzuhalten.

Zu sehen waren nur wenige Menschen: ein alter Schäfer, der mit seiner kleinen Herde und den Hunden im Gefolge die Straße überquerte, ein junger Mann, der im Eingang seines Hauses Holz spaltete, eine Frau, die sich mit zwei großen leeren Eimern dem Brunnen näherte, und ein Betrunkener, der an einer Hauswand lehnte und Lieder lallte über die Schönheit der Berge.

Jetzt tauchten am anderen Ende der Straße zwei Uniformierte auf, verschwanden aber zum Glück sofort wieder in einer Seitengasse. Noch einige Augenblicke blieb Jole, einen Fuß auf den Rand gestützt, am Brunnen stehen und schaute sich unauffällig um. Bevor die Frau mit den beiden Eimern den Brunnen erreichte, hatte Jole sich schon zehn Schritt entfernt und bog kurz darauf in die Pichler Straße, eine dunkle, ärmlich wirkende Gasse, ein.

Vor ihr kreuzte eine schwarze Katze den Weg und fauchte mit steil aufgerichtetem Schwanz. Jole blieb stehen, atmete tief durch und ging weiter, während das Tageslicht immer spärlicher wurde, um bald schon der Dunkelheit zu weichen. Mit jedem Schritt vernahm sie deutlicher das Grölen von Männerstimmen, das von einer bestimmten Stelle am Ende der Gasse zu ihr drang.

Sie bewegte sich zügig auf dieses Stimmengewirr voll rauer Konsonanten zu, bis sie schließlich vor einem Haus mit einem Holzschild über der Tür stand, in das der Schriftzug *Zum schwarzen Bären* eingebrannt war. Jole rückte den Hut auf dem Kopf zurecht, zog den rechten

Mundwinkel hoch und verengte ihre Augen zu einer Miene, die ein selbstzufriedenes Lächeln ausdrücken sollte. Genau dieses Wirtshaus war das Ziel ihrer Reise. Hier hoffte sie, den Mann zu finden, nach dem sie suchte, einen gewissen Mario De Menech, mit dem ihr Vater früher Geschäfte gemacht hatte. Bevor sie eintrat, atmete sie ein paarmal tief durch.

Die Stube lag in einem schummrigen Halbdunkel. Etwa ein Dutzend Kerzen auf den Tischen und an den Wänden sorgten für spärliches Licht, aus dem verschwommen die Schatten der Gäste auftauchten, die überall im Raum an den Tischen saßen.

Das Erste, was Jole auffiel, war der durchdringende Geruch nach Schweiß und Hopfen.

Zwischen der Tür und der Theke erblickte sie vielleicht ein Dutzend Männer, während zu ihrer Rechten, dort wo die Wirtsstube bis zu einem Kachelofen in der hinteren Ecke reichte, sicher an die dreißig Männer versammelt waren. Die meisten hockten an den Tischen, tranken und spielten Karten, andere drängten sich um sie herum oder bewegten sich von einem Tisch zum anderen. Wer keinen Bierkrug in der Hand hielt, hatte ihn gerade mal einen Moment abgestellt. Kaum ein Gast trank Wein. Einige rauchten, und als Jole den dichten, schweren Rauch aufsog, der auf halber Höhe durch die ganze Wirtsstube zog, wusste sie sofort, dass der Tabak in den gedrehten Zigaretten der Gäste von schlechtester

Qualität war. Der kam sicher aus Tirol oder Bayern, jedenfalls war es deutscher Tabak.

Die meisten Gäste mussten Minenarbeiter sein – sie waren relativ klein, und ihre Gesichter waren rußgeschwärzt.

Alle schwatzten, manche laut, andere leiser. Einige fluchten, andere stritten sich und ereiferten sich wegen Kleinigkeiten, vor allem jene, die beim Zeltwurm verloren, einem Kartenspiel ähnlich dem Briscola, das bei Jole zu Hause im Veneto gespielt wurde. Jedenfalls ging es laut und turbulent zu, und der Wirt hatte Mühe, so schnell zu bedienen, wie bestellt wurde.

An den mit Brettern aus minderwertigem Holz verkleideten Wänden waren ausgestopfte Tiere angebracht. Vom unvermeidlichen Hirschkopf mit gigantischem Geweih über den im Balzgesang erstarrten Auerhahn mit gefächertem Schwanz und hockgerecktem Kopf bis zum Murmeltier war alles vereint.

Jole betrachtete diese Tiere mit der gleichen Scham, mit der sie wohl auf den Anblick ihrer nackten Mutter reagiert hätte. Sie hatte keinerlei Probleme damit, auf Tiere zu schießen, Töten gehörte zur Natur und zum Lauf der Welt, zumal ihrer Welt. Aber die Kadaver der getöteten Tiere zu präparieren und als Trophäen öffentlich auszustellen, fand sie abstoßend.

Sie gab sich einen Ruck und bewegte sich tiefer in den Raum hinein, Richtung Theke.

Jole war eine junge, wirklich schöne Frau, doch zum Glück war das hier in dem allgemeinen Trubel noch niemandem aufgefallen – wahrscheinlich zum Teil wegen des schummrigen Lichts in dem Schankraum, zum Teil, weil sie ihr Haar unter dem Hut verbarg und wie ein Bauer aus dem Süden gekleidet war. Ein armer Bauer also, wenn man bei den Bergbauern überhaupt von arm und reich sprechen konnte, denn arme Teufel waren sie schließlich alle.

Dass ihre Aufmachung so wirken würde, darauf hatte sie gehofft, und so konnte sie sich ungezwungen durch die Gaststube bewegen und unter all den vielen Gesichtern nach diesem einen Ausschau halten: dem von De Menech.

Nur aus den Augenwinkeln, als würde ihr Blick etwas anderes suchen, betrachtete sie die Männer und blieb dabei nie auch nur einen Augenblick stehen, denn damit hätte sie sofort die Aufmerksamkeit aller erregt. Sie wandte sich nach rechts, nach links, ließ den Blick bis zur hinteren Wand schweifen. Die Wirtsstube war voller geröteter, grimmiger Gesichter, stämmige Burschen mit zerzaustem Haar, alte Männer, die wie Leichen aussahen. Vergilbte und verfaulte Zähne, stinkender Atem, geblähte Backen, von Äderchen durchzogen, die jederzeit, wie eine Sprengladung im Bergwerksstollen, zu platzen drohten.

Einen Moment lang hielt Jole den Atem an und konzentrierte sich dann auf einen Mann. Er saß an einem

Tisch in der Nähe des Ofens und spielte Karten mit zwei Kumpanen, die heruntergekommener wirkten als er selbst. Sie betrachtete ihn genauer.

Die Zeit bleibt für niemanden stehen, aber wenn man so lebte wie dieser Mann, konnten drei Jahre eine Ewigkeit sein. Gleichwohl hatte sie ihn wiedererkannt. Ja, das war er: De Menech.

Langsam, ohne den Blick zu heben, bewegte sie sich auf seinen Tisch zu, als sie plötzlich hörte, dass in ihrem Rücken krachend die Wirtshaustür aufgestoßen wurde.

Sie fuhr herum.

Alle drehten sich zur Tür um und sahen, wie zwei Offiziere der habsburgischen Armee mit anmaßendem Gehabe den Raum betraten. Der eine sicher einen Meter achtzig groß, der andere kaum kleiner. In Uniform, tadellos herausgeputzt, mit Mützen, Kragenspiegeln, Pistole und Bajonett am Gürtel.

Fast augenblicklich verstummten alle, sogar jene Gäste, die noch mehr Bier als die meisten anderen im Bauch hatten.

Ganz gemächlich, den natürlichen Bewegungen im Raum angepasst, bewegte Jole sich in den hinteren Teil der Wirtsstube. Noch etwas tiefer zog sie sich den Hut in die Stirn und trat zu dem alten Kachelofen, griff sich einen Stuhl und setzte sich davor, mit dem Rücken schräg zur Theke, an der die beiden Soldaten, die Ellbogen aufgestützt, jetzt standen. Aus dieser Position konnte sie die beiden im Auge behalten, ohne von ihnen bemerkt zu werden.

»Einen großen Gespritzten!«, rief der eine, an den Wirt gewandt, einen beleibten, behaarten Mann mit fleischigen Fingern von der hellroten Farbe frischer Hirschwürstchen.

»Zwoa«, setzte der andere im Südtiroler Dialekt hinzu.

Sie wandten sich wieder einander zu, wechselten einige Worte, die niemand verstand, und lachten unflätig. Der Wirt servierte ihnen zwei große Gläser, die zu zwei Dritteln mit Weißwein und einem Drittel mit Wasser gefüllt waren. Der lallende Ton ihrer Stimmen verriet, dass die beiden Offiziere schon einiges getrunken hatten.

Dennoch saßen sie auffallend gerade und aufrecht: Offenbar war ihnen die militärische Disziplin in Fleisch und Blut übergegangen. Beide waren schlank, trugen dünne gezwirbelte Schnurrbärte, und wenn der eine etwas sagte, brach der andere fast augenblicklich in schallendes Gelächter aus, worin Ersterer wiederum einstimmte, als wären sie die einzigen Gäste im ganzen Raum.

Jole blieb ruhig sitzen und hoffte, dass die beiden bald wieder verschwanden. Sie vertrieb sich die Zeit, indem sie die Verzierungen des Ofens betrachtete, den man wohl erst vor etwa einer halben Stunde angezündet hatte, denn die Kacheln begannen jetzt erst warm zu werden. An diesen Ofen konnte sie sich nicht erinnern. Dabei war er sogar schöner als der, den sie in Bassano gesehen hatte, als sie mit ihrem Vater bei diesem reichen Herrn gewesen war, dem sie ihr Kupfer zum Kauf anbieten wollten. Jener Mann, einer der mächtigen Honoratioren der Stadt, hatte mehrere Etagen in einem noblen Haus der Altstadt bewohnt, und in seinem weitläufigen Salon stand ein mächtiger rot-blauer Kachelofen, der mit verschiedenen Blumenornamenten verschönert war, die Jole damals an die Kringel der *botiro* erinnert hatten, jener Butter aus frischer Sahne, die ihre Mutter im Sommer für die Familie zubereitete.

Aber der Ofen im *Schwarzen Bären* sah noch schöner aus. Auf seinen grünen und weißen Kacheln prangten in braunen und gelben Farbtönen Bildfolgen, die von rechts nach links und von unten nach oben verliefen und verblüffend realistisch Szenen einer Hirschjagd darstellten.

Hingerissen betrachtete Jole sie, und während ihr Blick an den einzelnen Darstellungen entlangwanderte, hatte sie das Gefühl, eine abgeschlossene Geschichte zu lesen wie in einem Buch, obwohl sie selbst nicht lesen konnte. Jetzt ließen die beiden kaiserlichen Offiziere ein letztes Mal Österreich hochleben und torkelten lärmend auf die Straße. In der Wirtsstube setzte der übliche Trubel wieder ein, als wenn nichts gewesen wäre.

Jole wartete noch einen Moment, stand auf und ging mit ruhigen Schritten zu dem Mann hinüber, den sie wiedererkannt hatte. Erst als sie vor ihm stand, bemerkte er sie und sagte: »Was willst du, Junge?«

Die anderen beiden neben ihm, zweifellos Bergleute, ließen sich nicht stören und konzentrierten sich auf die Karten in ihrer Hand und ihren Bierkrug auf dem Tisch.

Jole bemerkte, dass er mittlerweile noch verwahrloster als früher aussah, fast wie ein verwildertes Tier. Die wenigen Zähne, die damals noch in seinem Zahnfleisch steckten, hatte er inzwischen verloren, und zwei neue Warzen sprossen ihm auf der Nasenspitze. Seine Hände waren voller knotiger Adern, auf der rechten Backe verlief eine lange Narbe bis zu den buschigen Augenbrauen.

Einen Moment lang musste Jole einen Brechreiz niederkämpfen.

»De Menech?«, fragte sie, indem sie ihren Hut ein wenig zurückschob.

Der Mann legte seine Karten auf den Tisch und sah sie genauer an.

»Ich bin Jole De Boer, die Tochter von Augusto.«

Jetzt zuckte der Mann zusammen und starrte sie an. Im nächsten Moment jedoch entspannte sich seine ungläubig staunende Miene zu einem Ausdruck höhnischer Gleichgültigkeit.

»Siehst du nicht, dass ich beschäftigt bin«, fertigte er die junge De Boer ab, nahm seine Karten wieder auf und sagte etwas zu den anderen beiden.

»Ich muss mit dir reden«, ließ sich Jole nicht beirren.

Wieder sah De Menech sie an, und langsam wurde ihm klar, dass das Mädchen es ernst meinte.

Mit einer knappen Entschuldigung an seine Mitspieler stand er auf und flüsterte ihr im Vorübergehen, ohne sie anzublicken, zu: »Komm mir nach, dort hinten rüber«, und mit diesen Worten bewegte er seinen massigen Körper in Richtung eines schmalen Durchgangs, der zu einem dunklen, abgetrennten Raum führte.

Jole wartete kurz und folgte ihm dann, und als sie ihn erreicht hatte, setzten sie sich an einem Tischchen zusammen.

»Was ist, willst du mir Scherereien machen? Was tust du hier allein?«, fragte De Menech misstrauisch.

»Das, was mein Vater auch immer getan hat.«

»Und warum kommt er dann nicht selbst? Wo steckt er?«

»Das möchte ich von dir wissen. Vor zwei Jahren ist er von zu Hause aufgebrochen. Er wollte zu dir und ist nie mehr heimgekommen.«

De Menech setzte eine erstaunte Miene auf, als würde er zum ersten Mal davon hören.

Jole musterte ihn genau und versuchte zu erkennen, ob er vielleicht etwas von ihrem Vater wusste oder, schlimmer noch, etwas mit seinem Verschwinden und seinem Tod zu tun hatte. Nichts, gar nichts. De Menechs Blick verriet Erstaunen und Bedauern.

»Vor zwei Jahren hat er sich mit einer großen Ladung wieder auf den Weg gemacht – und letztes Jahr ist er dann nicht gekommen. Ich dachte, es reicht ihm wohl, was er verdient hat, und dass er die Schmuggelei an den Nagel gehängt hat.«

»Das glaube ich nicht. Sag mir, was du weißt!«

»Mehr weiß ich nicht, ich schwör's beim allmächtigen Gott«, beteuerte De Menech, sah ihr in die Augen und fügte hinzu: »Du musst Hunger haben, oder?«

Jole antwortete nicht.

»Warte hier einen Moment, ich bin gleich wieder da.« Er stand auf und verließ den Raum.

Tatsächlich hatte Jole mächtig Hunger. Seit Tagen hatte sie nichts Warmes mehr gegessen. Und sie spürte jetzt, wie ihr Bauch grummelte.

Nach wenigen Minuten kehrte De Menech zurück, in den Händen einen Teller mit dampfender Bohnensuppe darin.

»Lamon-Bohnen! Iss, das gibt Kraft«, sagte er, indem er den Teller vor ihr auf den Tisch stellte.

Jole beugte sich darüber, griff zu dem Holzlöffel, den er danebengelegt hatte, schlang die Suppe gierig hinunter und kratzte den Teller fein säuberlich aus. Ihre Gesichtszüge hatten sich dabei mehr und mehr entspannt.

De Menech, der ihr zusah, fiel auf, dass sie groß geworden war, und nicht nur groß, sondern auch schön, ziemlich schön.

Er betrachtete ihre Lippen, die geschwungene Linie ihrer Brüste, die sich unter dem groben Stoff ihrer Jacke abzeichneten.

»Ein Bier?«, fragte er mit sanfter Stimme.

»Jetzt nicht.«

»Vor drei Jahren warst du mit dabei, stimmt's?«

»Ja, vor drei Jahren.«

»Damals warst du noch ein kleines Mädchen. Und jetzt sieh mal einer an, was für ein schönes Fräulein aus dir geworden ist.«

Jole versteifte sich.

»Lass das!«

De Menech lachte, wurde aber sofort wieder ernst.

»Ich sag das nicht bloß aus Freundschaft zu deinem Vater, Gott hab ihn selig.«

»Dann weißt du also, dass er tot ist!«, brauste Jole da auf. »Jetzt sag endlich die Wahrheit, sonst …«, setzte sie drohend hinzu, indem sie einen Finger anklagend gegen ihn ausstreckte.

De Menech packte ihren Arm und verdrehte ihn so, dass Jole ein Schmerzenslaut entfuhr. »Jetzt beruhige dich, Mädchen. Hier kann uns doch jeder hören. Oder willst du, dass wir beide Ärger kriegen?« Er ließ ihren Arm los und fuhr fort. »Ich weiß gar nichts von deinem

Vater. Es ist so, wie ich es dir gesagt habe. Ich habe ihn sehr geschätzt. Ein guter Mann: stark, mutig, ehrlich. Für mich war es ein schwerer Verlust, dass er nicht mehr gekommen ist. An unseren Geschäften haben wir beide gut verdient. Was hätte ich für einen Grund haben sollen, ihn umzubringen? Andere vielleicht schon, wer weiß? Aber ich habe keine Ahnung. Gott hab ihn selig, ja, habe ich gesagt, und wenn schon? Wenn einer nach zwei Jahren immer noch nicht nach Hause zurückgekehrt ist, wird es ihm wohl nicht besonders gut ergangen sein, oder? Hier in den Bergen lebt oder stirbt man. Dazwischen gibt es nichts.«

Jole holte das Bild von Sankt Martin hervor und hielt es ihm unter die Nase.

»Das hat ihm gehört«, sagte sie, »ich hab's im Wald hinter Imer gefunden, nur ein paar Hundert Meter vom Ort entfernt.«

»Ich schwör's dir, Mädchen. Ich weiß nichts darüber.«

»Vielleicht ist jemand hinter eure Geschäfte gekommen …«

»Nein, kein Mensch hat je davon erfahren, das garantiere ich dir. Die Bergleute, die mir Kupfer und Silber im Tausch gegen seinen Tabak geliefert haben, kannten ihn nicht, und er sie nicht.«

Jole beruhigte sich, senkte den Blick und begann zu glauben, dass dieser Mann ihren Vater tatsächlich aufrichtig bewundert hatte und folglich keinen Grund hatte, sie zu belügen.

»Du weißt ja, der Weg zu euch nach Hause ist lang, und in den Bergen und Wäldern wimmelt es von Gaunern«, setzte De Menech hinzu.

»Ich hoffe, du sagst mir die Wahrheit.«

»Das tue ich. Und jetzt rede bitte etwas leiser und sag mir: Hast du Tabak dabei?«

»Ich weiß nicht.«

»Komm schon, du bist die Tochter von Augusto De Boer, natürlich hast du was dabei.«

Jole schaute ihm fest in die Augen und erwiderte dann ruhig: »Wie viel Kupfer bekomme ich für ein Kilo Tabak?«

De Menechs Augen begannen zu strahlen wie die eines kleinen Jungen vor einem Spielzeug, von dem er zwei Jahre lang geträumt hat.

»Hundert Gramm«, sagte er.

»Das ist zu wenig, mein Tabak ist viel mehr wert.«

»Hundertzwanzig, mehr geht nicht.«

»Zweihundert oder es wird nichts draus.«

De Menech überlegte einen Augenblick und sagte dann: »Aber kein Gramm mehr.«

»Und wie viel Silber für ein Kilo?«, fuhr Jole fort. Bevor De Menech antworten konnte, fügte sie schon trocken hinzu: »Hundert Gramm.«

»Unmöglich.«

»Entweder hundert, oder vergiss es. Ich hab mein Leben aufs Spiel gesetzt, um die Grenze zu passieren und hierherzukommen ...«

De Menech stieß die Luft aus und gab sich geschlagen.

»Also gut.«

Jole konnte nicht schreiben, rechnen aber schon. Sie schwieg einige Sekunden und sagte dann:

»Bring bis morgen acht Kilo Kupfer und vier Kilo Silber zusammen.«

Auch De Menech begann zu rechnen, klappte den Mund auf, bekam jedoch zunächst kein Wort heraus. »A... Achtzig Kilo *Nostrano del Brenta?!*«, stammelte er und riss dabei seine gelblichen, von roten Äderchen durchzogenen Augen auf.

»Ja, stimmt ziemlich genau.«

»Ja, Scheiße noch mal ... Und wie ist er? Jetzt sag endlich: Wie ist er ...?«

»Hervorragend, wunderbar gereift, perfekt getrocknet. Als Schnitt und in Blättern, zum Schnupfen, Kauen und Rauchen.«

»Wunderbar.«

Jole blieb ernst. »Also morgen früh, ich verlass mich drauf.«

»Ja.«

»Eine halbe Stunde von hier, den Hang Richtung Noanatal hinauf, steht ein Heiligenhäuschen mit einem

Bild der Heiligen Drei Könige, die dem Jesuskind ihre Gaben bringen.«

»Ja, ich weiß. Aber sieh mich mal genau an: Steigungen sind nichts mehr für mich …«

»Wir sehen uns dort bei Sonnenaufgang«, sagte Jole, die seinen Einwand ignorierte.

»Aber ich weiß nicht, ob ich bis dahin so viel Metall …«

»Anders geht's nicht. Ich kann hier nicht lange bleiben.«

»Meinetwegen. Aber das wird nicht leicht. Das solltest du wissen. In den letzten Tagen ist es wie verhext, alle Wachmannschaften des Kaiserreichs scheinen wie aus einem Schlaf erwacht, Scheiße noch mal. Überall wimmelt's von Soldaten und Gendarmen. Hast du was gesagt?«

»Nein, ich hab nichts gesagt.«

»Ach, ich dachte …«

»Acht Kilo Kupfer und vier Kilo Silber. Mehr hab ich dir nicht zu sagen.«

De Menech sah sich verstohlen um, fasste Jole am Arm, lehnte sich ohne Hintergedanken ganz weit zu ihr vor und flüsterte:

»Die Deutschen mögen ja gute Kanonen bauen, aber den Tabakanbau sollten sie den Leuten im Veneto überlassen.«

»Dann sind wir uns einig.«

»Ja. Dein Vater wäre stolz auf dich, Mädchen.«

Mit Handschlag besiegelten sie das Geschäft und verließen dann unauffällig den Raum.

Zuerst sie, eine Minute später er.

16

De Menech verließ sich auf sieben Männer seines Vertrauens, die für ihn arbeiteten und mit ihm Geschäfte machten. Dabei handelte es sich um Bergleute, die während der Arbeit Metalle heimlich hinunterschluckten und zu Hause zurückgewannen, indem sie sorgfältig ihren Kot untersuchten. In den Stollen und draußen vor den Minen waren immer Aufseher der Bergbaugesellschaft postiert, die jeden Arbeiter, dessen Schicht beendet war, streng durchsuchten. Da man diese Durchsuchungen nicht umgehen konnte, war es nahezu unmöglich, etwas unter Kleidern oder in Taschen verborgen hinauszuschmuggeln. Die einzig sichere Methode bestand also darin, den eigenen Körper als Versteck zu nutzen, um Kupfer oder Silber aus der Mine zu schaffen.

Der zuverlässigste und produktivste von De Menechs Männern war ein gewisser Sepp Näckler, und er war es auch, der die Ware für die De Boers besorgte.

Näckler war vor rund fünfzig Jahren in Südtirol, in einem Dörfchen in der Nähe von Tiers, zur Welt gekommen und nach an Vergehen und kriminellen Erfahrungen reichen Jahren schließlich in den Minen des Bergbaureviers im Primörtal gelandet. Im Alter von zwanzig Jahren hatte man ihn wegen Belästigung einer Minderjährigen in den kaiserlichen Kerkern zu Innsbruck inhaftiert, und nachdem er dort Misshandlungen jeder Art hatte erdulden müssen, war er irgendwann ins Bergwerk geschickt worden, um dort als »Murmeltier« zu arbeiten. So nannte man die Arbeiter, deren Aufgabe es war, die Sprengladungen in den Stollen zur Explosion zu bringen.

Näckler war klein und schmächtig und hatte Glupschaugen, die weit aus den Augenhöhlen hervortraten. Seine Nase war spitz, und er litt an einer Verkrümmung der Wirbelsäule, die ihn mit der Zeit mehr und mehr niedergedrückt hatte, sodass er mit seinem Buckel inzwischen wie ein Troll aus den sächsischen Wäldern aussah. Näckler redete nie, vielleicht, weil er nichts mehr zu sagen hatte.

Seit zwölf Jahren arbeitete er mit Unterbrechungen mal im Bergwerk im Canalital, mal in dem bei der Ortschaft Canalet, baute Kupfer und Silber ab und verschluckte davon jede Woche ein wenig und versteckte es zu Hause, immer auf die Gefahr hin, auf dem nach dem Kaiser benannten Marktplatz öffentlich aufgeknüpft zu werden.

Er lebte mit einem Kumpel zusammen, mit dem er dieses Geheimnis seines freudlosen Lebens teilte, in einer

Holzhütte außerhalb von Imer, wenige Minuten von dem Kreuz entfernt, das man kürzlich erst bei der Bärengrube oberhalb des Ortes aufgestellt hatte.

In ihrer Hütte gab es kaum Möbel, aber immerhin war es ihnen gelungen, sich heimlich einen kleinen Schmelzofen zu bauen, in dem sie all die Körner und Bruchstücke, den Staub und die Splitter der Kupfer- und Silbererze, die ihr Kot freigab, schmolzen und daraus das pure Metall gewannen.

Im Auftrag von De Menech, den er vor Jahren im *Schwarzen Bären* kennengelernt hatte, fraß und kackte Näckler Kupfer, fraß und kackte Silber, ohne etwas von dem genauen Marktwert der Edelmetalle zu wissen. Und De Menech kaufte ihm die Metalle regelmäßig ab und bezahlte ihn mit Prostituierten oder Lebensmitteln, zuweilen auch mit dem heiß begehrten Tabak. So viel Tabak, dass Näckler ein ganzes Jahr lang nach Herzenslust rauchen, schnupfen oder kauen konnte.

17

Das Bergbaurevier im Primörtal bestand aus zehn hoch produktiven Abbaubezirken sowie einigen kleineren Minen, in denen sich der Abbau ebenfalls noch lohnte. Die ergiebigsten und metallreichsten Bergwerke waren zweifellos das im Canalital, wo man unterhalb des Castel

Pietra Kupfer gewann, sowie das bei Canalet, in dem reiche Mengen an Silber abgebaut wurden.

Neben diesen wertvollsten Metallen kamen in den Minen auch Eisenspat, Baryt, Bleiglanz und Kupferkies vor. Insgesamt waren an die hundert Stollen in Betrieb und gaben rund siebenhundert Männern und Jungen Arbeit. Sie lieferten an ein Hüttenwerk bei einem nahe gelegenen Ort, Forno genannt, wo ein großer und viele kleinere Schmelzöfen aus den in der Gegend abgebauten Erzen die Metalle auslösten.

Wie alle Bergleute dieser Welt waren die in den Minen des Primörtals beschäftigten Arbeiter so etwas wie das Sinnbild verfluchter Seelen: von der Erdoberfläche verstoßen und in die Hölle unter Tage geschickt, wo sie ohne Hoffnung darbten.

Klein gewachsen und bucklig, die Haare zerzaust, die Gesichter verbrannt durch die Explosionen, mit denen der unterirdische Fels auf der Suche nach neuen Silber- und Kupferadern aufgesprengt wurde, zeigten sie den verwirrten Blick von Menschen, die nicht wussten, ob sie noch lebten oder schon tot waren.

Jole hatte diese Männer noch nie bei der Arbeit gesehen, war nie in einem Stollen gewesen. Doch Augusto hatte ihr davon erzählt. Einmal war er in Begleitung von De Menech bis zum Eingang eines Stollens der Mine von Colsanto, nur wenige Kilometer von Imer entfernt, vorgedrungen. Hier hatte er die Arbeiter beobachten können, die dazu verurteilt waren, zwanzig Stunden am Tag in den Tiefen der Welt, im Bauch und in den Eingeweiden der Erde zu schuften. Vor dem Leben verborgen. Gezwungen zu einer Existenz ohne Luft und ohne Licht, ohne Himmel und ohne Sterne. Mehr Dämon als Mensch.

Augusto hatte gesehen, wie sie zu Dutzenden aus jenem Loch hervorkamen, als würde die Erde sie nach getaner Arbeit wieder ausspeien. Schweigend, schleppend, wie Gespenster bewegten sie sich, und er hatte gedacht, dass manche dieser armen Teufel, um zu überleben, nicht nur in den Eingeweiden der Erde scharrten, sondern das gebrochene Gestein in die eigenen Gedärme aufnahmen.

Und er hatte sie bedauert, aus tiefstem Herzen und christlicher Nächstenliebe, hatte in ihnen Brüder erkannt, die, so wie ihn selbst, Hunger und Not dazu zwangen, Dinge zu tun, die sie bei ein wenig mehr Brot auf dem Tisch niemals getan hätten: Gesetze zu brechen, die Obrigkeit und den König zu hintergehen und Aufseher zu narren.

Diese Minenarbeiter waren ohne Hoffnung, ohne Zukunft, ja sogar ohne Gegenwart.

Einigen wenigen allerdings war es auf die ein oder andere Weise gelungen, in den Schwarzhandel mit Kupfer, Silber, Eisen, Schwefelkies und Blei einzusteigen.

18

Näckler gelang es jedes Jahr, eine ansehnliche Menge Edelmetall zur Seite zu schaffen, und als im Herbst 1896 diese De-Boer-Tochter in Imer auftauchte, wusste De Menech, wie er die von dem Mädchen verlangten Mengen zusammenbringen konnte. Und tatsächlich hatte Näckler wieder einige Kilo Kupfer und Silber versteckt.

Diesem war alles recht, was bei den Geschäften mit De Menech für ihn heraussprang, wenn es ihm nur ein wenig Abwechslung und Genuss für Gaumen, Kehle und Rute einbrachte.

Vor allem Letzteres, war es für ihn doch nahezu unmöglich, eine Frau zu finden, die aus freien Stücken mit ihm ins Bett gegangen wäre.

19

Nachdem sie sich noch im Vorübergehen eine Handvoll Nüsse aus der großen Schüssel auf der Theke stibitzt hatte, verließ Jole eilig das Wirtshaus *Zum schwarzen Bären* und lief die Pichler Straße zurück. Ein großer Mond am Himmel beschien die Häuserwände, die umliegenden Wälder und am Ausgang des Tals den Gipfel des majestätischen Cimon della Pala.

Sie überquerte den Marktplatz, entfernte sich aus dem Ort und stieg wieder zu der Stelle im Wald hinauf, wo sie ihre Sachen zurückgelassen hatte.

Als Sansone sie kommen sah, wieherte er vor Freude.

»Psst!«, machte Jole, führte den rechten Zeigefinger vor die Lippen und streichelte ihn. »Hier«, sagte sie und ließ ihn die Walnusskerne aus ihrer Hand fressen.

Es war kalt und feucht, und überall im Wald standen Farne und die großen Blätter des Wiesensauerampfers, die bei ihnen zu Hause *lavàz* genannt wurden und die ihre Großmutter immer dazu verwendet hatte, frischen Ricotta darin einzuwickeln. Es roch ganz fein nach Krokussen, Flechten und Wacholderbeeren.

Ein seltsamer, plötzlicher Windhauch ließ die Baumkronen des Waldes rauschen und kündigte an, dass das Wetter bald umschlagen würde. Jole setzte den Hut ab und löste ihr Haarband, holte im spärlichen Mondlicht ihre Decken und das Gewehr aus der Grube hervor und legte sich, an den mächtigen Stamm einer Weißtanne gelehnt, neben ihrem Haflinger zum Schlafen nieder.

»Hab noch ein wenig Geduld«, sagte sie an ihr Pferd gewandt, »wenn alles gut geht, können wir uns morgen, an Allerheiligen, auf den Heimweg machen.«

Bevor sie einschlief, gingen ihr unzählige Gedanken durch den Kopf, in die sich ein Anflug von Heimweh mit einer dunklen Vorahnung mischten.

In der Nacht vor Allerheiligen wurde traditionell, zumindest bei ihr zu Hause in den Bergen, der Toten gedacht. Ein Schauer durchlief sie, als ihr das einfiel, und so betete sie ein *Requiem Aeternam* für die Verstorbenen ihrer Familie und ganz besonders für ihren Vater.

Einige Stunden später – sie hatte schon eine Weile geschlafen – wurde sie von seltsamen Geräuschen geweckt. Im ersten Moment glaubte sie an einen Traum und drehte sich auf die andere Seite, doch bald merkte sie, dass dieser schaurige Klagegesang, diese unverständliche Vokalise, die sich wie ein vielstimmig vorgetragenes Gebet anhörte, kein Traum und auch kein Alptraum war. Sie setzte sich auf und lauschte wieder, war gleich darauf auf den Beinen und griff zu ihrem Gewehr.

Die Stimmen kamen aus einiger Entfernung hinter ihr. Sie fuhr herum und sah weit jenseits der Weißtanne, an der sie gelehnt hatte, ja schon hinter dem Waldrand, ein Licht wie von einer orangefarbenen Laterne, dann noch eines und schließlich eine ganze Kette solcher Lichter, die dort entlangzogen, während ein düsterer, beklemmender Chor wie von Geister- oder Hexenstimmen die Nacht erfüllte. Jole gefror das Blut in den Adern, so schauerlich war dieser Gesang.

Sie hielt das Sankt-Paulus-Gewehr fest in der Hand und war bereit, jeden Moment zu feuern, während sie, hinter dem Baumstamm verborgen, beobachtete, was da geschah. Vage spürte sie, dass diese gespenstische Prozession geradewegs auf sie zuhielt.

Immer lauter hallten die Choräle durch den Wald, und Jole versuchte zu erkennen, was sich dahinter verbarg. Aber sie sah nur diese orange-rötlichen Lichter, die näher und näher rückten.

Erst als sie nur noch wenige Hundert Meter von ihr entfernt waren, konnte man die Träger der Lichterkette besser ausmachen.

In Todesangst schlug Jole das Herz bis zum Hals.

Die Gruppe bestand aus Männern und Frauen, deren Gesichtszüge flackernd erhellt wurden, und was sie vor sich her trugen, waren keine Laternen, sondern ausgehöhlte Kürbisse, in denen Fackeln brannten. Ein Uhu flog über ihr auf und schwebte auf die Prozession zu. Dann noch einer, und schließlich gesellten sich ein Käuzchen und eine Schleiereule hinzu. Immer mehr Vögel schlossen sich diesen Gestalten an, die irgendwann stehen blieben, sich im Kreis aufstellten und nun statt der schauerlichen Choräle seltsam kehlige Laute ausstießen.

In der Mitte des Kreises wurde ein Feuer entzündet, das sie schreiend umtanzten, wobei nicht klar war, ob es sich um Jubel oder Klageheul handelte.

Einmal war Jole, damals noch ein Kind, in den Wäldern um Stoner einer Frau begegnet. Diese Frau, die Heilkräuter gesammelt hatte, war zierlich und nahezu zahnlos, und ohne dass Jole etwas zu ihr gesagt hätte, erzählte sie ihr von einem Hexensabbat und flüsterte ihr geheimnisvoll zu, dass sie auf der Hut sein müsse. In der Nacht des 31. Oktober dürfe sie nicht den Blick gewisser Menschen kreuzen. Dann war sie verschwunden, gerade so wie durch die Zeit jenes Erlebnis aus Joles Gedächtnis verschwunden war.

Jetzt aber, während sie angsterfüllt diesem Treiben zusah, erinnerte sie sich wieder daran, deutlich und im rechten Augenblick, als wenn ein verloren geglaubter Gegenstand gerade rechtzeitig wiedergefunden worden wäre. Sie betete, dass Sansone keinen Laut von sich geben möge, und flehte ihn im Geiste an, um Gottes willen still zu sein.

Wie versteinert stand sie hinter dem Baum, mit dem Gewehr in der Hand. Zwei Stunden lang. Und jeder Schrei, den die Münder dieser offenbar vom Teufel Besessenen ausstießen, ließ sie zusammenfahren. Nie zuvor in ihrem Leben hatte Jole etwas ähnlich Gruseliges gesehen.

Endlich war es vorbei. Die Gestalten zogen ab, und im Wald kehrte wieder Stille ein.

20

De Menech verließ das Wirtshaus *Zum schwarzen Bären*
und kehrte in Ruhe nach Hause zurück. Dort blieb er
eine halbe Stunde, rechnete alles Mögliche durch und
holte seinen weißen Esel aus dem Stall. Gemächlich ritt
er aus dem Dorf zu Näcklers Hütte. Er fand ihn damit
beschäftigt, an einem orangefarbenen Kürbis herum-
zuschnitzen, offenbar mit dem Ziel, Mund, Nase und
Augen hineinzuschneiden. Ab und zu hielt er inne, betrachtete prüfend sein Werk und nutzte die Gelegenheit,
um sich einen ordentlichen Schluck aus seiner Schnapsflasche zu gönnen. Ein ausgemergelter Kater mit von
Flöhen besiedeltem, schütterem Fell lag hinter seinem
Strohstuhl und miaute in einem fort.

»Na, ein wenig Tabak gefällig, alter Sauhund?«, be-
grüßte De Menech ihn.

Näckler verzog das Gesicht zu einem vielsagenden,
hässlichen Grinsen.

Mit der schweren, rostigen Eisenkette, die an der
Wand befestigt war, verschloss De Menech die Tür hinter sich.

Er setzte sich und ließ sich den Schnaps herüber-
reichen.

Nach einem Schluck direkt aus der Flasche wischte
er sich mit dem Ärmel seines Drillichhemdes über den
Mund und sagte:

»Ich brauche acht Barren Kupfer und vier Barren Silber. Dafür bringe ich dir morgen zwanzig Kilo besten Tabak.«

Näckler zeigte wieder sein hässliches Grinsen und zischte dabei etwas, das sich wie »Wirklich den Besten?« anhörte.

»Ja, aus dem Veneto. *Nostrano del Brenta.* Der dürfte dir wohl bekannt sein. Der beste Tabak in ganz Europa. Zwei Jahre war hier bei uns kein Gramm davon aufzutreiben …«

»Zwanzig?«

»Ja, zwanzig. Aber ich brauche die Barren sofort. Ich weiß, dass du genug hast …«

Wieder miaute der räudige Kater so laut auf, als wollte er sich in das Gespräch einschalten.

Näckler verließ die Hütte und kehrte zehn Minuten später mit einem Jutesack über der Schulter wieder zurück. Vor De Menech, der sich unterdessen noch einmal die Schnapsflasche gegriffen hatte, lud er ihn ab und zeigte wortlos darauf.

De Menech ließ sich Zeit.

Er bedachte Näckler mit einem zufriedenen Lächeln, rülpste und griff dann zu dem Sack, den dieser zu seinen Füßen abgelegt hatte. Er öffnete ihn und zählte die Barren: Es stimmte.

»Und nun geh. Heute Nacht habe ich zu tun«, sagte Näckler, während er seinen schwarzen Kater streichelte.

21

Am Abend des 2. November 1894 hatte Agnese ihre Kinder zusammengerufen und sie zu dem Madonnenbild geführt, das in ihrem Schlafzimmer in einer Ecke hing. Zwei Monate waren damals vergangen, seit Augusto aufgebrochen und nicht wieder nach Hause zurückgekehrt war. Nur wenige Tage hatte er fortbleiben wollen, nicht länger, als es für die Abwicklung der üblichen Tauschgeschäfte nötig war, stattdessen …

Agnese hatte Jole, Antonia und Sergio aufgefordert, sich an den Händen zu halten, hatte zu dem Rosenkranz gegriffen, den sie in einer alten Kommode aus Eibenholz aufbewahrte, und zu beten begonnen.

»Heilige Jungfrau Maria«, betete sie, »den Totenkult überlassen wir den Heiden und sprechen als gute Christen dieses Gebet zum Gedenken an unsere Verstorbenen. Amen.«

»Amen!«, antworteten ihre drei Kinder im Chor.

»*De profundis clamavi ad te, Domine, exaudi vocem meam …*«

»Amen!«

Joles Gedanken waren abgeschweift. Diese Worte sagten ihr nichts, und im Grunde wusste auch ihre Mutter nicht, was sie bedeuteten, betete sie aber auswendig herunter wie eine Singdrossel ihr Lied, denn so stand es geschrieben, und so war es überliefert worden, von Generation zu Generation. Jole hingegen kam es plötzlich so vor, als wäre dieses Madonnenbild an der Wand, als wären dieses Zimmer, die Bäume draußen und überhaupt die ganze Welt bloß Gebilde eines Traumes, den sie mit offenen Augen träumte. Ein schwerer, hoffnungsloser Traum, in dem sie versank, obwohl die Kraft und der Glaube ihrer Mutter unerschütterlich waren.

»*Requiem aeternam dona eis, Domine, et lux perpetua luceat eis. Requiescant in pace.* Amen.«

»Amen!«

Jole hatte zu Boden geblickt und zu ihren Füßen eine kleine Spinne bemerkt. Wie mochte es sich wohl anfühlen, so ein kleines Geschöpf zu sein, fragte sie sich.

»Hast du schon mal jemanden so vermisst?«, flüsterte sie an die Spinne gewandt. Dann hob sie das Tierchen auf, damit niemand darauftrat, und trug es hinaus, während die anderen weiterbeteten. Vor der Tür setzte sie die Spinne auf einen Stapel Brennholz. »Lauf«, sagte sie, »und wünsch dir, dass du niemals sterben musst.«

22

Nach dem nächtlichen Schauspiel war für Jole an Schlaf nicht mehr zu denken.

Es war noch kälter geworden, und die Feuchtigkeit hatte sich wie ein schwerer Wintermantel über den Wald und das gesamte Tal gelegt. Schon anderthalb Stunden, bevor die Sonne aufging, eilte Jole mit Sansone zu ihrem Versteck, holte alles hervor, was sie in der Grube verstaut hatte, und lud es auf die starken Schultern ihres treuen Reisegefährten. Dann machte sie sich auf den Weg und ritt durch den Wald zu dem vereinbarten Treffpunkt.

Unwillkürlich fing sie an zu beten: Ich wünsche mir nur noch, dass diese Geschichte bald überstanden ist. Lieber Gott, wenn du da bist, höre mich an: Ich wünsche mir so, wieder zu Hause zu sein, eine Schüssel warme Milch zu trinken und den Wolken zuzusehen, die ruhig über unsere Wälder hinwegwandern. Ich wünsche mir so, abends die Augen zu schließen und morgens friedlich aufzuwachen, ohne mitten in der Nacht voller Angst aus dem Schlaf hochzufahren. Ich wünsche mir so, wieder ein echtes Zuhause zu haben, eine Zuflucht, Schutz, Geborgenheit. Ich wünsche mir so, meine Familie wiederzusehen, sie alle in die Arme zu nehmen, meine Mutter an mich zu drücken. Bis jetzt ist alles gut gegangen, und ich hoffe, dass es so weitergeht. Tatsache ist aber, dass ich Angst habe. Große Angst.

Wenn sie an diesen Hexensabbat zurückdachte, zitterte sie immer noch, und sie fragte sich, was Menschen im Sinn hatten, die solche Riten vollführten.

Während sie so dahinritt, griff sie kurz in ihre Hosentasche und überzeugte sich, dass sie noch das Holzpferdchen ihres Bruders bei sich hatte. Sie betete zu

Sankt Martin, dessen Bild sie mit sich trug, und bat ihn, dass er sie beschützen möge.

Sie traf als Erste an dem Heiligenhäuschen mit den Drei Königen ein und wartete dort auf De Menech.

Der blaue Himmel der letzten Tage war nur noch eine ferne Erinnerung. Das ganze Primörtal, mitsamt den umliegenden Bergen und dem Anstieg zum Noanatal, lag unter tiefen, schweren Wolken, deren Feuchtigkeit das Gesicht mit winzigen Wasserperlen überzog.

Weiße Nebelschwaden zogen über den Himmel und hüllten mal hier, mal dort, wie von Zauberhand hin und her geworfen, Teile des Waldes ein. Doch Jole war nicht in der Stimmung, dieses für die Dolomiten so typische Schauspiel zu bewundern.

Es begann gerade hell zu werden, da erschien auf der Wiese unter ihr De Menech. Wie der Schatten eines Gespenstes tauchte er im Sattel seines weißen Esels aus dem letzten Nachtnebel hervor. Gemächlich schritt das Tier voran, als gäbe es kein morgen, sondern nur diese Angelegenheit hier und jetzt.

Als sie das Heiligenhäuschen erreicht hatten, grüßte De Menech mit einer Kinnbewegung.

Jole ging nicht darauf ein, sondern sagte nur: »Beeilen wir uns!«

»Nur die Ruhe …«, antwortete er und stieg schwerfällig vom Esel. Er griff unter den Umhang, in den er gehüllt war, und zog eine kleine Waage hervor.

»Gib mir den Tabak«, sagte er.

Jole stieg ab, und mit dem Gewehr stets in Reichweite, brachte sie alles zum Vorschein, was sie dabeihatte, jedes Etui, jede Büchse, und breitete es auf einer Hanfplane aus, damit der Tabak nicht noch mehr Feuchtigkeit zog, als er ohnehin mitbekommen hatte.

De Menech beeilte sich jetzt und wog alles ab, und das mit derart flinken Gesten, dass Jole kaum folgen konnte. Was ihr aber nicht entging, war De Menechs Gesichtsausdruck, als er fertig war, und dieser Ausdruck gefiel ihr ganz und gar nicht.

»Das ist nicht in Ordnung«, sagte er lakonisch.

Jole spürte, wie ihre Hände schweißnass wurden. »Wieso?«

»Nach meiner Waage sind das vierzig Kilo, keine achtzig, wie du behauptet hast! Dafür gebe ich dir vier Kilo Kupfer und zwei Kilo Silber. Das ist der Preis, den wir abgemacht haben.«

»Das sind sehr wohl achtzig. Wieg noch mal alles nach!«

»Ich wiege überhaupt nichts nach. Ich gebe dir, was dir zusteht, Mädchen.«

Blitzschnell griff Jole zu ihrem Gewehr, richtete es auf De Menech und lud gleichzeitig durch.

»Du gibst mir, was wir ausgemacht haben, oder du kriegst, was du verdient hast.«

Wie versteinert stand De Menech da. Mit einer solch scharfen Reaktion hatte er nicht gerechnet. In Sankt

Paulus' Lauf blickend, stammelte er: »Schon gut, schon gut … es sind achtzig … Aber jetzt nimm das Gewehr runter, Mädchen.«

»Ich nehme gar nichts runter«, erwiderte Jole, die Waffe weiter auf seine Brust gerichtet, »und wenn du glaubst, mir fehlt der Mut, auf einen Kerl wie dich zu feuern, kannst du es ja drauf ankommen lassen. Dann wirst du schon sehen.«

De Menech drehte sich zu seinem Esel um, nahm den Sack herunter, den Näckler ihm gegeben hatte, und holte zwölf Metallbarren hervor, acht kupferne und vier silberne.

»Hier.«

»Komm einen Schritt näher. Ich will mir das genauer ansehen.«

Er trat einen halben Meter auf sie zu und zeigte ihr, was er aus dem Sack geholt hatte. Jole nickte.

»Und jetzt wieg alles, Barren für Barren, vor meinen Augen.«

Ohne Hast tat De Menech, was Jole verlangte. Seine Bewegungen waren so langsam, dass sie alles genau verfolgen konnte.

»In Ordnung«, sagte sie schließlich, »und jetzt lädst du alles auf mein Pferd, nimmst deinen Tabak und haust mit deinem Esel ab. Und ich schwöre dir, solange ich dich nicht wieder ganz in dem Nebel verschwinden sehe, aus dem du gekommen bist, halte ich das Gewehr auf deinen Kopf gerichtet. Glaub mir, ich mache Ernst. Schließlich bin ich kein Mann, sondern eine Frau!«

De Menech raffte allen Tabak zusammen, der in den einzelnen Behältern, Fächern, Büchsen, Ledertaschen und Jutebeuteln verteilt war, und lud ihn auf seinen Esel. Das Tier schnaubte, als hätte es nicht vor, sich mit dieser Last von der Stelle zu bewegen.

»Adieu!«, sagte Jole, als De Menech endlich aufsaß.

»Wieso? Sehen wir uns nicht wieder?«

»Ich weiß nicht, ob ich ein weiteres Mal komme.«

»Und ob du wiederkommst«, erwiderte er grinsend, während er die Zügel seines Esels ergriff. »Mir kommt dein Tabak zupass und dir mein Kupfer und Silber …«

»Wir werden sehen …«

»Ach, übrigens, noch etwas …«, fügte De Menech hinzu und wandte sich noch einmal zu ihr um.

»Was denn?«

»Wegen deinem Vater. Tut mir leid, ich habe dir da nicht die ganze Wahrheit gesagt …«

Die Erregung, die Jole augenblicklich ergriff, ließ ihre Hände feucht und den Griff um ihr Gewehr glitschig werden.

In aller Ruhe fuhr De Menech fort: »Nicht, dass du mich falsch verstehst … Um Himmels willen … Ich hab damit nichts zu tun und weiß auch nichts Genaues, aber mir ist etwas zu Ohren gekommen, was ich eigentlich gar nicht glauben kann …«

»Was?«

»Nun, es wird erzählt, dass ihn vor zwei Jahren seine üblichen Geschäfte hier zu uns ins Tal geführt haben, und da soll ihm im Wald ein schönes Mädchen begegnet sein, ungefähr in deinem Alter. Cecilia Mos hieß sie und kam aus Canal San Bovo, einem Weiler in der Nähe von Imer. Du weißt ja, so etwas passiert … Jedenfalls erzählt man, dass er sich nicht beherrschen konnte, verstehst du? Er soll sich an ihr vergangen und sie dann getötet haben.«

Jole stockte der Atem, und sie merkte, dass sie kurz davor war, in Tränen auszubrechen.

»Unmöglich! Das ist gelogen … Und außerdem, warum soll er deswegen tot sein …?«, schluchzte sie und rang um Luft, während sie sich verzweifelt bemühte, das Gewehr weiter fest in der Hand und auf De Menech gerichtet zu halten.

»Der Vater des Mädchens, der alte Mos, soll es ihm heimgezahlt und ihn wie einen Hund niedergeschossen haben. Wie gesagt, das habe ich auch nur gehört!«

»Du bist ein gemeiner Lügner.«

»Glaub, was du willst. Aber so wird es jedenfalls hier im Ort über deinen Vater erzählt«, erwiderte De Menech so gleichmütig, als hätte er sich mittlerweile an den auf ihn gerichteten Gewehrlauf gewöhnt.

»Hau ab!«, zischte Jole.

»Das tue ich auf der Stelle«, gab De Menech kichernd zurück, wendete seinen Esel und entfernte sich. Nach einigen Metern drehte sich noch einmal zu Jole um. »Bis nächstes Jahr dann. Ich verlass mich auf dich«, rief er.

Kurz darauf war er im dichten Dunst der Morgendämmerung verschwunden, die allmählich den Wald rings umher erhellte.

Jole zählte bis fünfzig und ließ das Gewehr sinken. Sie fing an, die Metallbarren, die sie erhalten hatte, besser zu verteilen, band Sansone, der an diesem Morgen einmal nicht von Insektenschwärmen umschwirrt war, die Riemen der Beutel mit der wertvollen Fracht um den Leib und stieg auf.

»Ya«, rief sie, »jetzt geht's nach Hause.«

DRITTER TEIL

1

Durch den Wald und den Hang hinauf ritt Jole zügig heimwärts und erreichte bald wieder jenen Bergrücken, auf dem der Weg sich verzweigte und ein Pfad in südöstliche Richtung zum Noanatal führte.

Nachdem sie den letzten steilen Abschnitt durch den Tannenwald hinter sich gelassen hatte, passierte sie den breiten Eingang zur Schlucht und folgte dem Flusslauf. Je tiefer sie in den Canyon eindrang, desto näher rückten die Wände links und rechts zusammen, desto steiler ragten sie über ihr auf.

Als der Mann zum Heiligenhäuschen gelangte, konnte das Mädchen noch nicht lange fort sein, sicher noch keine Stunde. Die Hufe ihres Haflingers hatten sich tief in den aufgeweichten Boden eingegraben, und es würde ihm gewiss nicht schwerfallen, diesen Spuren zu folgen.

Einen Moment lang sah er zum Himmel hoch, aufmerksam geworden durch das wiederholte Kreischen eines Adlers, der jetzt auf die Jagd ging, trieb dann seinen Rappen an und nahm die Verfolgung auf.

Bei dem Steinbecken, in dem sie am Vortag gebadet hatte, machte Jole Halt. Unter den düsteren Wolken sah das Wasser grau aus, das tiefe Blau war verschwunden. Als sie sich umblickte, stellte sie fest, dass der ganze Ort wie verwandelt war.

Immer wieder zogen schwere Wolken vorüber, und der Himmel klarte nur ein wenig auf. Es war kalt, und Jole nahm eine ihrer Wolldecken, riss sie in der Mitte ein wenig auf und zog sie als Poncho über. Sansone löschte seinen Durst, und einige Meter weiter flussaufwärts füllte Jole ihre Feldflaschen auf. Es kam ihr vor, als wäre sie vor Wochen, wenn nicht gar Monaten hier vorübergekommen und nicht erst vor vierundzwanzig Stunden.

Sie nahm einen Schluck von dem eiskalten Wasser und betrachtete die steile Wand, die sie und der Haflinger mit der ganzen Last erklimmen mussten, um aus der Schlucht zu gelangen. Dann gab sie sich einen Ruck und kletterte allein den Granitfelsen auf die Spitze hinauf, band dort ein Seil um den Stamm einer Ulme, stieg wieder ab, schwang sich auf Sansones Rücken und begann den schwierigen Aufstieg.

Unterdessen hatte sich, wie schon am Vortag, in geringer Entfernung ein Schwarm Kolkraben versammelt, die auf den höchsten Ästen der Eschen hockten und wohl darauf hofften, sich bald über eine Menschenleiche oder einen Pferdekadaver hermachen zu können. Als Jole sie entdeckte, grüßte sie die Vögel wie alte Bekannte und rief zu ihnen hinauf.

»Macht euch keine falschen Hoffnungen. Wir haben es hinuntergeschafft und werden auch heil wieder hinaufkommen.«

Obwohl sie erschöpft war und dieser schwierige Abschnitt vor ihr lag, bei dem sie keinen Moment unaufmerksam sein durfte, dachte sie unentwegt an das, was De Menech von ihrem Vater erzählt hatte. Seine ungeheuerlichen Worte hallten in einem fort in ihrem Kopf wider, dröhnten, raunten wie ein böses, nicht abzuschüttelndes Mantra, eine Formel der schwarzen Magie, die sie langsam um den Verstand brachte.

Nicht dass sie ein Wort davon geglaubt hätte. Dieser Hurensohn, da war sie sich sicher, hatte das alles nur erfunden, um sich an ihr zu rächen und damit sie daran zugrunde ging.

Doch jetzt machte sich die Müdigkeit bemerkbar, ihre Kräfte waren ebenso wie ihre Nerven über die Maße beansprucht worden. In der Nacht hatte sie nicht geschlafen, der Tag zuvor war eine einzige entsetzliche Strapaze gewesen, und zudem war sie mittlerweile seit vier Tagen unter extremen Bedingungen unterwegs. Schon die kleinste Anstrengung überstieg inzwischen fast ihre Kräfte. Sosehr sie sich auch dagegen wehrte, sickerten De Menechs Worte wie Gift in ihre Gedanken ein.

Der Mann folgte den Hufspuren des Haflingers, bis schließlich der Morast dem Gras der offenen Weiden gewichen war. Hier fand er keine Abdrücke mehr, konnte aber dennoch leicht erraten, welchen Weg das Mädchen eingeschlagen hatte. Zweifellos war sie unterwegs zur Grenze, und da musste sie wohl oder übel durch die Schlucht des Noanatals und dann auf direktem Weg zum Monte Pavione hinauf. Dies nämlich war der einzige Übergang nach Italien, wo angesichts der Höhe und der Unzugänglichkeit dieser Bergregion kaum mit Patrouillen zu rechnen war. Lächelnd betrachtete er eine Stelle mit niedergedrücktem Gras, wo sie offenbar vorübergekommen war.

Auf dem bröckligen, glitschigen Gestein fanden Sansones Hufe einige Male keinen Tritt, sodass er um ein Haar Dutzende von Metern in die Tiefe gestürzt wäre. Trotzdem schafften sie es. Oben an der Felskante löste Jole das Seil von dem Baumstamm, rollte es auf und befestigte es wieder an Sansones Zaumzeug.

Einige Minuten ruhte sie sich erleichtert aus, trank etwas und machte sich wieder auf den Weg.

Auch er erreichte den Eingang der Schlucht, jene Stelle, wo der Wasserfall ungestüm niederging und einige tiefe Becken bildete. Am Flussufer entdeckte er wieder die tiefen Hufspuren, die dieses langsame, schwere Pferd hinterließ.

Er war mit sich zufrieden: Nach wie vor war er ein guter Jäger.

Auch er bemerkte die Kolkraben auf den höchsten Ästen der Eschen, und einen Moment lang betrachtete er sie wie Feinde, die er jederzeit besiegen konnte.

Auch er betrachtete eine Weile diese Wand aus Granitgestein und überlegte, wo er sie in Angriff nehmen sollte.

Auch er überwand sie.

Und auch er war mit einem Gewehr bewaffnet. Einem Steyr-Mannlicher-Repetiergewehr.

Jole erklomm den mit Laubgehölzen bestandenen Hang und drang in den fast ebenen Tannenwald ein, der sich bis zu den Nordhängen des Monte Pavione hinzog, die vor ihr auftauchten und wieder verschwanden, wie ein Traum, der stets aufs Neue verflog. Nur im Zickzack kam sie voran zwischen den mächtigen Stämmen der Weißtannen, die bestimmt hundert Jahre alt waren.

Das Moos, das den Boden bedeckte und auf dem Hinweg noch hoch und watteweich gewesen war, sodass sie die Rinnsale und Bäche, die das Gelände durchflossen, mühelos hatten überqueren können, war jetzt aufgeweicht und schlammig. Mit jedem Schritt versanken Sansones Hufe so tief, dass sein Gang immer schleppender wurde.

Kaum eine halbe Stunde nach ihr erreichte der Mann den Tannenwald.

Er holte auf.

Als er aufblickte, sah er durch die Fichtenzweige den Gipfel des Monte Pavione, der sich wie ein Titan vor ihm erhob. Dass er sie einholen würde, stand außer Frage, aber er musste sich sputen, damit er sie noch vor der Grenze erreichte.

Nicht dass er von seinem Vorhaben ablassen würde, wenn ihm dies misslang. Aber besser wäre es, sie vorher zu stellen.

2

Unterdessen hatte Jole den Aufstieg zur Grenze auf dem Monte Pavione begonnen. Immer wieder blickte sie sich aufmerksam nach allen Seiten um, ob nicht irgendwo Männer der Zollwache unterwegs waren, und alle zweihundert Meter hieß sie Sansone stehen bleiben und lauschte angestrengt auf verdächtige Geräusche.

Die Tannen blieben zurück und machten vereinzelten Lärchen und Zirbelkiefern Platz, bis sie schließlich jenes endlose Geröllfeld erreichten, das sich bis zum Gipfel des höchsten Berges der Vette Feltrine hinaufzog.

In dieser offenen Landschaft waren Gefahren leichter zu erkennen, andererseits wurde man auch selbst leichter bemerkt. Wieder hielt Jole an und blickte hinauf zu der Stelle auf dem Kamm, die sie erreichen musste.

Bis dahin waren noch mindestens fünfhundert Höhenmeter zu bewältigen. Über ihr kreiste ein Schlangenadler, auf halber Höhe zwischen den Felswänden des Berges und seinen teils grünen, teils steingrauen Hängen. Mittlerweile schien die Sonne, und auch der Wind, den Jole schon auf dem Hinweg kennengelernt hatte, kam jetzt immer stärker auf und ließ sein unverwechselbares, an menschliche Stimmen erinnerndes Heulen und Brausen erklingen.

Die Seele der Grenze, ihr Geist, nahm sie wieder in Empfang.

Ohne Rast stieg sie eine Stunde lang bergan, und erst als der Aufstieg schon halb geschafft war, also fast an der unsichtbaren Grenze zu Italien, beschloss sie, Halt zu machen und Sansone eine Pause zu gönnen. Sie kauerten sich hinter eine Latschenkiefer inmitten dieses Meeres aus kantigem Gestein, aus dem überall Löwenzahn hervorspross, jene Blume, der keine Lebensbedingung zu hart war.

Es war früher Nachmittag, und die Berge wirkten wie im Mittagsschlaf. Jole holte ihre Feldflasche hervor und trank, ohne etwas Verdächtiges zu bemerken.

Der Mann hatte sein Pferd zurückgelassen und war zu Fuß weitergegangen. Lautlos folgte er ihr. Als sie stehen blieb und sich prüfend umblickte, verbarg er sich hinter einem Busch.

Nun schlich er sich von unten an sie heran und überraschte sie.

»Keine Bewegung!«, schrie er und richtete sein Gewehr auf sie.

Jole, die immer noch unter dem Kiefernbaum saß, fuhr herum und sah einen fremden Mann, der ganz in Schwarz gekleidet war und in den Händen eine schussbereite Waffe hielt.

Während sie noch überlegte, ob es sich um eine Halluzination handeln konnte, schrie der Fremde sie wieder voller Hass und Verachtung an: »So, jetzt bist du dran!«

Vor Schreck wie versteinert, hockte Jole da und brachte keinen Ton heraus. Ihr Herz pochte immer heftiger.

»Du bist die Tochter von De Boer, hab ich recht?«

Jole verstand gar nichts mehr, auch nicht den Sinn dieser Frage, nickte aber sofort, ohne nachzudenken.

Unverändert das Gewehr auf sie gerichtet, trat der Mann in Schwarz näher an sie heran.

»Dein Vater, dieser Hurensohn, hat meine einzige Tochter vergewaltigt und getötet. Cecilia war gerade mal sechzehn …«

Jole schluckte ein paarmal, ihr Mund war plötzlich so trocken wie das Geröllfeld, das sie umgab. Alle Farben der Berge und der Löwenzahnblüten um sie herum erloschen, alles verdüsterte sich vor ihren Augen, während diese Worte wie vergiftete Pfeile in sie drangen.

»Ich habe geschworen, meine Tochter zu rächen. Und das werde ich jetzt tun. Ich habe dich draußen vor dem *Schwarzen Bären* gesehen und sofort Bescheid gewusst. Sogar ohne De Menech hätte ich dich erkannt. Doch der hat es mir bestätigt und mir gesagt, wo ich dich finden kann.«

Am ganzen Körper wie gelähmt, war Jole unfähig, irgendetwas zu erwidern.

Der Wind heulte, und sie schloss die Augen, wie um seine Stimme zu hören, wie um festzustellen, ob der Himmel in diesen letzten Augenblicken ihres Lebens zu ihr sprach. Plötzlich spürte sie unter ihrer Hand die raue, kantige Oberfläche eines Steins. Und dieser Stein bewirkte, dass ihre Gedanken wieder in Gang kamen, wie ein Funken, dem es gelang, ein erloschenes Feuer neu zu entfachen. Sie hatte plötzlich ihre Mutter und ihre Geschwister vor Augen, die auf ihre Rückkehr warteten.

Noch näher kam der Fremde jetzt heran, so nahe, dass ihr der Ziegengestank seiner schwarzen Kleider in die Nase stieg. Dennoch bemerkte er nicht, dass Jole den Stein prüfend betastete. Und ihr wurde klar: Dieser Stein war groß und schwer, aber nicht zu groß, um ihn mit einer Hand zu packen, und nicht zu schwer, um mit ausreichender Wucht geworfen zu werden.

Wieder sagte der Mann etwas, das Jole aber kaum mitbekam, und spannte den Hahn seiner Waffe, um im nächsten Moment seinen Blutdurst zu stillen.

»Rache«, hörte sie ihn gerade noch sagen, da riss sie den Arm hoch und schleuderte mit aller Kraft den Stein in seine Richtung. Sie wusste, sie hatte nur diesen einen Wurf, wenn sie den Mann verfehlte, war sie tot.

Es ging alles rasend schnell. Sie sah, wie der Fremde vor Überraschung ungläubig den Mund aufriss. An der linken Schläfe getroffen, brach er augenblicklich zusammen, wie eine vom Jäger erlegte Gämse auf dem Geröllfeld. In höchster Erregung sprang Jole auf, und da sie den Getroffenen leblos und mit blutendem Gesicht daliegen sah, raffte sie hastig ihre Sachen zusammen, schwang sich auf Sansones Rücken und trieb ihn an, weiter hinauf, der Passhöhe entgegen.

Nach vielleicht fünfzig Metern fand sie den Mut, sich kurz umzuschauen, und meinte zu erkennen, dass sich die Beine des Mannes bewegten und sein Kopf sich drehte.

»Ya«, trieb sie Sansone weiter an, »ya.«

Bald erreichten sie den Kamm, während der Sturm, der dort oben nie zur Ruhe kam, Worte heulte, die nach Angst, Flucht und Vergeltung klangen.

3

Der Abstieg über den Südhang, tiefer nach Italien hinein, war voller Tücken.

Jole war verwirrt, Angst und Entsetzen beherrschten ihre Gedanken, und Sansone nahm all diese Stimmungen wahr und ließ sich seinerseits davon beunruhigen. Sie wusste, dass der Mann früher oder später wieder auf die Beine kommen und ihr aufs Neue nachsetzen würde. Und ebenso wusste sie, dass sie, um ihm zu entkommen, die Wälder weiter unten im Tal erreichen musste. Dort konnte sie ihn abschütteln und musste nicht fürchten, bereits von Weitem von ihm gesichtet zu werden. Ich muss es schaffen! Ich muss es schaffen! Lass dich nicht hängen, Jole, versuchte sie sich Mut zu machen. Ich darf jetzt nicht aufgeben, ich muss die Angst verscheuchen und stark sein, das bin ich mir und meiner Familie schuldig. Dieser Wahnsinnige darf mich nicht zu fassen kriegen.

Der Schritt des Haflingers allerdings war unentschlossen und unsicher; immer mal wieder blieb er mit den Vorderhufen hängen, oder er bewegte sich so unkontrolliert, dass Jole nur mit knapper Not einen Sturz vermeiden konnte. Mühsam und häufig zögernd kämpfte er sich das Geröllfeld hinunter, während sie sich immer wieder besorgt umschaute, ob ihr Verfolger in Sicht kam. Nach über einer Stunde hatten sie es endlich geschafft, und die ersten Kiefern tauchten auf.

175

Mit jedem Meter wurde die Hangneigung sanfter, der Boden weicher und grasiger. Als es den Anschein hatte, dass der schwierigste Teil überwunden sei, bäumte sich der Haflinger plötzlich auf, als wäre der Teufel in ihn gefahren. Er wieherte laut und stellte sich auf die Hinterbeine. Jole verlor das Gleichgewicht, stürzte zu Boden und schlug hart mit dem Gesäß auf. Der Schmerz war so heftig, dass ihr für einen Moment die Luft wegblieb. Sie fluchte und fragte sich, was Sansone so sehr erschreckt haben mochte. Als sie sich aufzurichten versuchte, sah sie es: eine große Viper, die unmittelbar vor Sansone, den Körper zur Spirale zusammengerollt, bedrohlich den Kopf reckte. Instinktiv griff Jole zu einem Stein rechts neben ihr und schleuderte ihn auf das Reptil. Das Geschoss streifte die Schlange nur, aber das reichte, um sie zu vertreiben und hastig in den nahen Wacholderbüschen verschwinden zu lassen.

Augenblicklich beruhigte sich Sansone, neigte den Kopf und legte das Maul auf Joles Schulter. Trotz der heftigen Schmerzen im Rücken hatte sie sich aufgesetzt und blieb jetzt einige Minuten lang so sitzen. Sie bemühte sich, zu Atem zu kommen, doch dabei merkte sie, dass auch ihr Brustkorb schmerzte und jeder Atemzug höllisch weh tat.

Schließlich stand sie auf, ging ein paar Schritte um ihr Pferd herum und stieg ganz vorsichtig auf. Bevor sie losritt, schaute sie sich noch einmal um, ob ihr der schwarz gekleidete Mann wieder auf den Fersen war. Erst dann machte sie sich auf den Weg.

Während sie ins Tal ritt, dachte sie in einem fort daran, wie dieser Fremde sie überfallen hatte. Das hatte sie diesem verdammten De Menech zu verdanken. Der hatte sie verraten und dem Mann erzählt, wo er sie finden und töten konnte. Ihr fiel wieder ein, dass De Menech auch den Namen des Mannes genannt hatte: Mos. Hätte sie ihm doch nur einfach das Gewehr abgenommen, als er bewusstlos dalag. Dann hätte sie nicht mehr so viel von ihm zu befürchten.

Vor allem dachte sie daran, was die beiden Männer über ihren Vater gesagt hatten, an ihre unfassbaren Beschuldigungen, deren Wirkung verheerender war als die jeder Gewehrkugel.

Dann stimmt es wohl, sagte sie sich, dass Mos meinen Vater getötet hat, um den Tod seiner Tochter zu rächen. Aber dass Papa ein Mädchen vergewaltigt und umgebracht hatte, konnte nicht stimmen, das war unmöglich.

Bei diesen Gedanken stiegen ihr Tränen in die Augen.

Gott im Himmel, sie war verloren. Bis hierhin hatte sie es geschafft, aber was nützte ihr das?

Und jede Träne, die ihr übers Gesicht rann, schmeckte bitter auf ihren Lippen, schmeckte nach Armut und völligem Scheitern, schmeckte nach der Unausweichlichkeit des ewigen Hasses, des ewig Bösen, das die Welt regierte und ewig regieren würde.

Immer wieder schaute sie sich um und begann zu beten, betete zur Madonna, an die sie nicht glaubte, und murmelte aus dem Gedächtnis abgedroschene Worte ohne wirkliche Bedeutung. Lauwarm verließen sie ihr Herz und erreichten kalt ihren Mund.

Selbst wenn sie es schaffen würde, heil nach Hause zurückzukehren, wie sollte sie dann dort weiterleben? Wie könnte sie ihrer Mutter, ihren Geschwistern das erzählen, was über Augusto geredet wurde?

Es war Nachmittag geworden, als sie völlig verzweifelt eine vom Südhang des Pavione verborgene und geschützte Lichtung erreichte, die den Sommer über als Weide für Schafherden diente, die jetzt zu dieser Jahreszeit zu Tal getrieben wurden. Sie beschloss, sich hier ein klein wenig auszuruhen und sich dann rasch wieder auf den Weg zu machen.

Auf dieser Lichtung fühlte sie sich relativ sicher. Ihr Rücken schmerzte zwar, als sie sich ins Gras legte, doch es schien nichts gebrochen zu sein, denn es fiel ihr nicht schwer, sich normal zu bewegen. Vielleicht hatte sie sich bei dem Sturz die Rippen geprellt, mehr nicht. Sansone machte sich sogleich daran, genüsslich die höchsten Grasbüschel, die aus der Wiese ragten, abzuzupfen. Sie hingegen hatte Hunger, aber nichts mehr zu essen dabei, und auch nichts zu trinken.

Die immer gleichen trüben Gedanken ließen sie nicht los.

Unwillkürlich schloss sie die Augen und lauschte auf die vollkommene Stille, die sie umgab. Sie fühlte sich wie eine Kiefernnadel in einem Ameisenhaufen, wie ein Grashalm auf einer Wiese, wie ein Stein im Geröllfeld des Monte Pavione, den sie nun abermals bezwingen musste.

Als sie die Lider wieder öffnete, schaute sie auf diesen Berg, so andächtig wie ihre Mutter in der Ostermesse auf den Hauptaltar. Mit bangem Schaudern, Entzücken, Leidenschaft und Furcht. Demütig und gläubig.

Von der lauen Spätherbstsonne beschienen, sah der Monte Pavione für Jole ruhig und gleichmütig aus, aber auch mächtig, tückisch und gefährlich.

So wie nur Berge sein können.

So wie nur ganz bestimmte Berge sein können.

4

Als sie den Blick zur Seite wandte, sah sie neben sich eine menschliche Gestalt, die sich lautlos genähert haben musste. Jole schrak zusammen. Sie wollte aufspringen, ein Schmerz im Rücken zwang sie jedoch innezuhalten. Ganz langsam kam sie auf die Beine.

»Schon gut. Du musst keine Angst haben. Ich bin's nur, eine Schäferin«, sagte die Fremde.

Die Frau war groß gewachsen, und ihr schmales Gesicht mit dem leicht vorspringenden Kinn war ebenso schmutzig wie die ärmliche Kleidung, die sie am Leib trug. Eine Mütze aus Fuchsfell mit einem Fuchsschwanz daran verbarg ihr Haar mit Ausnahme einiger schwarzer Strähnen, die ihr tief in den Nacken fielen. Zwei Hunde mit gescheckten langen Fell folgten ihr in einem Abstand von wenigen Metern: Weiter hinten war eine Herde mit Hunderten von Feltrina-Schafen zu sehen.

»Ich heiße Maddalena«, sagte sie, indem sie auf Jole zutrat und sich ganz selbstverständlich neben sie setzte. »Du bist die erste Frau, die ich in all den Monaten hier oben antreffe«, fügte sie hinzu.

Sie hatte große dunkle Augen, deren sanfter Ausdruck Jole Vertrauen einflößte.

»Wie heißt du?«, fragte Maddalena.

»Ich bin Jole, Jole De Boer, aus einem Dorf über dem Brentatal, in Richtung Hochebene von Asiago.«

»Und was hast du mit dem Gewehr vor?«

»Gar nichts.«

Maddalena öffnete den Beutel, den sie über der Schulter trug, und holte frischen Käse hervor, eine Wasserflasche sowie ein wenig Gebäck aus altem Brot, und bot ihr von allem etwas an.

Jole bedankte sich und begann schüchtern, zu trinken und ihren Hunger zu stillen.

»Was machst du hier oben?«, fragte Maddalena sie.

»Ich laufe davon«, antwortete Jole, während sie sich erhob, um sich wieder auf den Weg zu machen.

»Du läufst davon? Wovor denn?«

»Vor einem schwarz gekleideten Mann auf einem Rappen … und vor meinen Alpträumen.«

»Ein Lamm, das sich im Gebirge verirrt, beginnt laut zu blöken. Manchmal kommt dann ein Wolf – und manchmal die Mutter.«

Jole verstand nicht und schaute Maddalena fragend an.

Die fügte nichts mehr hinzu, erwiderte aber voller Mitgefühl Joles Blick. Dann schenkte sie ihr noch etwas mehr Käse und Gebäck und umarmte sie. Eine Umarmung, die Jole ebenso sanft und liebevoll erwiderte. Denn sie spürte darin eine schwesterliche Verbundenheit, ein Gefühl, das sie stärkte und ihr Trost und Wärme schenkte, sodass für einen Moment lang die ganze Anspannung von ihr abfiel.

Anschließend bückte sich die Schäferin und pflückte auf der Wiese eine Löwenzahnblüte, die sie Jole behutsam ins Haar, hinter das rechte Ohr steckte.

»Vergiss nie, dass du stark bist«, sagte sie und sah ihr fest in die glänzenden Augen.

Erneut überkam Jole dieses starke Gefühl der Verbundenheit, wie eine Schwingung, die sich von ihrer Brust in den ganzen Körper fortsetzte, ihr Kraft schenkte und ihre Tränen trocknete.

Ich heiße Löwenzahnblüte, fiel ihr plötzlich ein, und Löwenzahnblüte soll auch mein Schlachtruf sein.

Sie fuhr sich mit dem Handrücken über die Augen und zog die Nase hoch.

»Es ist seltsam«, sagte sie zu der Schäferin, bevor sie wieder aufbrach, »wir haben uns gerade erst kennengelernt, und doch habe ich ein Gefühl, als wärest du eine Schwester von mir.«

Maddalena lächelte und blickte sie ruhig an und wünschte ihr eine gute Reise.

Jole saß auf und schlug den Weg nach Hause ein und rief: »Und dir ein gutes Leben!«

5

Sie folgte weiter jenem Pfad, den sie bereits auf dem Hinweg genommen hatte, und erreichte nach einigen Stunden die dichten Wälder unten im Tal, über dem gerade die Sonne unterging. Hier war sie vor neugierigen Blicken gut verborgen. Aber sie musste wachsam bleiben, denn der schwarz Mann würde mit Sicherheit nicht so schnell die Verfolgung aufgeben. Die Tannen waren hier mindestens zwanzig Meter hoch, und sie standen so dicht beieinander, dass sie ein einziges großes Ganzes bildeten, in dem Jole sich so beschützt fühlte wie ein kleines Mädchen in den warmen behütenden Armen seiner Mutter. Immer ruhiger wurde sie, und ihre Atemzüge wurden länger.

An einem Bach füllte sie die Feldflaschen auf, und endlich konnte auch Sansone seinen Durst stillen.

Jole schloss die Augen, und als sie nach einigen Sekunden wieder aufblickte, war es, als schlage sie eine neue Seite auf.

Sie wähnte sich fast schon gerettet. Sie dankte Gott und den Sternen, der Sonne und dem Mond, den Wolken und den Felswänden, diesen majestätischen Bäumen und allen Geschöpfen, fühlte sich eins mit ihnen, als Teil der gesamten Schöpfung.

Sie suchte und fand eine Wiese, wo sie die Nacht verbringen konnte. Rasch sammelte sie im Unterholz einige dürre Zweige und trockene Blätter zusammen, entzündete mit einem Feuerstein ein kleines Lagerfeuer und fütterte es mit dickeren Tannenästen, die sogleich knisternd aufloderten und einen angenehmen Duft nach Harz und trockenem Brennholz um sie herum verbreiteten. Zufrieden ließ sie sich nieder und holte den kräftig und ein wenig säuerlich riechenden Käse hervor, den ihr die Schäferin geschenkt hatte. Sie aß über die Hälfte davon und steckte den Rest in den Beutel zurück.

In Gedanken bei der Begegnung mit dieser jungen Frau, zog sie die Löwenzahnblüte hinter ihrem Ohr hervor und legte sie behutsam auf ihre Brust.

Schließlich mummelte sie sich in ihre Decken ein und rollte sich auf dem Boden zusammen. So lag sie da und lauschte den Lauten der sich herabsenkenden Nacht.

Alles war vergänglich in diesem Leben. Jäger und Gejagte, Menschen, die hetzten, andere, die flohen, Menschen, die töteten, andere, die starben ... Doch all das war vergänglich wie die Wolken, die sich bildeten und im nächsten Augenblick schon auflösten und verschwunden waren.

Das tiefe, kehlige Röhren eines Hirschs drang zu ihr, faszinierend und erschreckend zugleich.

Sie hörte das Heulen einiger Wölfe aus nördlicher Richtung.

Ganz in der Nähe rief eine Eule.

Um sie herum auf der Wiese summten und zirpten Nachtinsekten; sie hatten die tagaktiven abgelöst und wachten nun als winzige Nachtwächter wie seit Anbeginn der Zeiten über diese unter den Menschen leidende Welt.

Der Himmel füllte sich mit Sternen, leuchtend hell, schön und frei. So schön und erhaben dieser Anblick war, fühlte Jole doch mit plötzlicher Bitterkeit ihre Einsamkeit und ließ ihren Tränen freien Lauf

Und es kam ihr so vor, als weine das Firmament über ihr ebenfalls.

6

In dieser Nacht schlief sie tief und fest, und als sie aufwachte, stand die Sonne schon hoch am Himmel, der strahlend blau war, mit einigen hohen Wolkenstreifen, die wie Himmelsnarben aussahen.

Beim sanften, sich rhythmisch wiederholenden Ruf eines Buchfinks hatte sie die Augen aufgeschlagen. Auch Drosseln und Eichelhäher bevölkerten dieses Fleckchen Erde zwischen Wald und Wiese und ließen ihre mal lieblichen, mal rauen Lieder erklingen. Die Luft war kühl und das Gras auf der Lichtung mit einer Schicht Raureif überzogen.

Mühsam erhob sie sich, denn die Blutergüsse, die sie sich bei dem Sturz zugezogen hatte, schmerzten nach dem langen Liegen auf der harten Erde umso mehr.

Auf der Wiese erblickte sie zwei Hasen. Nahe beieinander hatten sie sich aufgerichtet und schauten sich an, als würden sie ein Geheimnis miteinander teilen.

Gähnend streckte sie alle Glieder und fuhr sich mit den Händen durchs Haar. Am Bach wusch sie sich das Gesicht, legte trotz der Kälte geschwind die Kleider ab und wusch sich am ganzen Körper. Wie stets, wenn sie das tat, fühlte sie sich schön, ja verführerisch, dachte aber zugleich, dass sie sicher kein Mann heiraten würde. Wer wollte schon ein armes Bauernmädchen, das sich mit Tabakschmuggel durchschlug, zur Frau nehmen?

Schließlich band sie sich das lange blonde Haar zusammen, stieg in ihre Stiefel und zog wieder ihren Poncho über, also jene Decke, in deren Mitte sie ein Loch gerissen hatte.

Während sie mit einem langen Seufzer auf Sansone zutrat und überlegte, welchen Weg sie einschlagen sollte, um weiteren Scherereien zu entgehen, wurde sie plötzlich zu Boden gerissen und landete mit dem Gesicht im Gras. Es ging alles so schnell, dass sie keine Chance hatte, sich zu wehren. Sie wurde einige Meter weit über den Boden geschleift, dann auf den Rücken geworfen.

»Bleib ja liegen!«, herrschte eine bekannte Stimme sie an.

Der Mann stieg, den Gewehrlauf fest auf sie gerichtet, auf sein Pferd, das reglos dastand.

Jole betrachtete ihn genauer: Es war Mos. Die scharfen Kanten des Steins, der ihn getroffen hatte, hatten deutliche Spuren hinterlassen. Streifen und Klümpchen geronnenen Blutes überzogen sein Gesicht.

»Mir läufst du nicht davon!«, schrie er jetzt.

Jole schloss die Augen.

Obwohl sie zu keinem klaren Gedanken fähig war, spürte sie deutlich, dass es diesmal kein Entkommen mehr für sie gab. Sie dachte an das Holzpferdchen und die Löwenzahnblüte in ihrer Tasche und verfluchte den Umstand, dass sie sterben würde, ohne ihre Glücksbringer an sich drücken zu können.

Ihr war, als habe sich die Welt mit einem Male violett verfärbt.

Schon spannte Mos den Hahn seines Gewehrs, jetzt war es also zu Ende für sie, und ein mächtiger Knall erschütterte die Lichtung.

Scharen von Vögeln flogen auf.

Von den Tannenstämmen und den Felswänden der Berge hallte das Echo des Schusses wider.

Jole wunderte sich, dass sie gar keinen richtigen Schmerz verspürte. War das schon der Tod? Nur ein Erschrecken, so ganz ohne Schmerzen? Vorsichtig öffnete sie die Augen, gerade so weit, dass sie Mos vor sich erkennen konnte. Der saß nach wie vor auf seinem Pferd, hatte aber die Waffe sinken lassen, während seine Körperhaltung merkwürdig starr und gekrümmt wirkte. Aber nicht lange, denn da neigte er sich schon nach vorn, kippte vom Pferd und blieb reglos am Boden liegen.

Jole glaubte zu träumen. Sie griff sich an den Kopf, betastete ihre Arme, ihre Beine. Nichts tat ihr weh. Fassungslos blickte sie an sich hinunter: von Blut keine Spur. Plötzlich merkte sie, dass sich rechts von ihr am Waldrand etwas bewegte. Sie blinzelte, um genauer zu erkennen, worum es sich handelte, und sah einen Mann mit einem Gewehr, aus dessen Lauf, der weiter auf Mos gerichtet war, Rauch aufstieg.

Jole war zu schwach, um aufzustehen. Noch wie gelähmt von der Todesangst, verspürte sie jedoch eine unsagbare Dankbarkeit diesem Mann gegenüber, der ihren Henker mit einem einzigen Schuss getötet hatte.

Als dieser Fremde, ein großer, kräftiger Kerl, mit dem Gewehr über der Schulter aus dem Wald hervortrat, konnte sie auch sein Gesicht erkennen, das Gesicht des Mannes, der sie vor dem sicheren Tod bewahrt hatte.

Es war Guglielmo, der Köhler.

Wortlos trat er auf den am Boden liegenden Mos zu, überzeugte sich, dass er wirklich tot war, lud die Leiche auf den nun herrenlosen Rappen und wandte sich erst dann an Jole.

»Da hast du Glück gehabt, Mädchen. Normalerweise jage ich nicht so weit von meinem Meiler entfernt«, sagte er.

Unfähig, einen Finger zu rühren, hockte Jole einige Schritte entfernt da und antwortete nicht. Diesen Mann musste ihr der Himmel geschickt haben, dachte sie.

»Ich wollte hier auf die Jagd …«, erklärte der Köhler noch einmal, als er, in der Hand die Zügel des Rappen, auf Jole zutrat.

Die wollte etwas antworten, doch mehr als ein schwaches »Ich … ich weiß gar nicht …« kam ihr nicht über die Lippen.

»Schon gut, bedanken kannst du dich später noch«, antwortete der Köhler und fügte, als er bei ihr war, hinzu: »Nimm dein Pferd mit allen Sachen und komm mit. Bei mir kannst du dich erst mal stärken.«

Immer noch fassungslos, wie knapp sie ein weiteres Mal dem Tod entronnen war, raffte sich Jole auf und folgte ihm.

7

Bevor sie zum Meilerplatz gelangten, warf Guglielmo, nicht weit vom Ort des Geschehens entfernt, Mos' Leiche einen tiefen Abgrund hinunter. Dort würde ihn niemand finden außer den Raben, die, vom Gestank des Todes angelockt, schon über der Stelle zu kreisen begannen.

Anschließend schoss er ein Reh und lud es anstelle des Toten auf den Rappen.

Das alles geschah wortlos, und Jole, die dabeistand, wagte nicht, etwas zu sagen.

Einige Stunden später erreichten sie den Platz mit dem rauchenden Meiler, in dem die Verkohlung mittlerweile begonnen hatte. Jole stieg vom Pferd, während sich der Köhler sogleich daranmachte, das Reh auszuweiden und zu zerlegen. Sie sah ihm zu, wie er zwei große Stücke aufs Feuer legte und den Rest in einer Grube verstaute, die er irgendwann in den Vortagen am Fuße einer Böschung im angrenzenden Wald ausgehoben hatte.

Unterdessen waren die hohen Wolken, die an Schnittwunden und Narben erinnert hatten, von den Luftströmungen hinweggefegt worden, und der Himmel zeigte sich in einem reinen Blau.

Während Jole es genoss, endlich mal wieder Fleisch zu essen – und das ohne Angst, dafür mit dem herrlichen Gefühl, frei und am Leben zu sein –, kümmerte sich Guglielmo um seinen Meiler.

Dessen Kuppel war mindestens vier Meter hoch und so breit, dass es schon eine Weile dauerte, bis man ihn einmal umrundet hatte. Die Schicht Erde darüber war dunkel und festgeklopft, sie sah aus wie schwarzer Mörtel. Von der dicken Blätterschicht darunter war kaum mehr etwas zu erkennen.

Bald drang aus den Zuglöchern des Meilers dichter weißer Rauch, der nach Rindenharz roch und, von keinerlei Winden beeinträchtigt, aufsteigen konnte, weil Wald und Berge den Meilerplatz ringsum schützend umschlossen.

Guglielmo war auf eine Leiter gestiegen, die an dem Meiler lehnte, und von dort oben aus arbeitete er: klopfte mal mit einer Schaufel die Erde fest, vergrößerte oder verkleinerte mit einer langen eingeschwärzten Stange die Zuglöcher oder warf, wenn nötig, durch die obere Öffnung Holz nach, um die Kohle zu »garen« und sie »singen« zu lassen, wie es in der Köhlersprache hieß. Ins Schwitzen geriet er nicht, denn er bewegte sich nicht mehr als unbedingt nötig, und jeder Schlag mit der Schaufel landete exakt dort, wo es nötig war. Als alles zu seiner Zufriedenheit gerichtet war, stieg er langsam die Leiter hinunter, wischte sich mit einem rauchgeschwärzten Taschentuch über Gesicht und Stirn und gönnte sich einen kräftigen Schluck Grappa.

Mit der Schaufel in der einen und der Grappaflasche in der anderen Hand ging er schließlich wieder zu Jole hinüber. Es schien ihn zu freuen, wie sie es sich schmecken ließ, und er lächelte ihr aufmunternd zu. Fast schwarz im Gesicht, leuchtete allein das von roten und gelblichen Äderchen durchzogene Weiß seiner Augäpfel inmitten seiner verrußten, gutmütig wirkenden Züge.

»Ich weiß gar nicht, wie ich dir danken soll«, sagte Jole und blickte von dem Rehknochen auf, von dem sie gerade die letzten Fleischreste abnagte.

»Ist auch nicht nötig …«

»Du scheinst mit deiner Arbeit gut voranzukommen.« Mit dem Kinn deutete Jole auf den rauchenden Kegel in der Mitte des Platzes.

Guglielmo wandte sich zu seinem Werk um und lächelte zufrieden. »Ja, sehr sogar!«

»Und wie viel Kohle kommt am Ende dabei heraus?«

»Das kann ich jetzt noch nicht sagen, aber einige Zentner müssten es schon werden.«

»Und woher weißt du, wann sie fertig ist?«

Guglielmo gönnte sich den nächsten Schluck Schnaps.

»Sobald aus dem ersten Zugloch ein fast durchsichtiger bläulicher Rauch aufsteigt, ist das Holz verkohlt.

Dann zerlege ich den Meiler, schaufle kalte Erde auf die fertige Kohle und lösche die Glut mit ein wenig Wasser – doch bis dahin dauert es mindestens acht, vielleicht sogar zehn Tage.«

Jole wischte sich den Mund mit dem Hemdsärmel ab.

»Warum wollte dieser Kerl dich erschießen?«, fragte der Köhler unvermittelt.

»Das weiß ich nicht.«

»Komm, das weißt du bestimmt …«

»Nein, wirklich nicht.« Fast hatte sie ein schlechtes Gewissen, dass sie ihm darüber nichts sagen wollte, hatte er ihr doch immerhin das Leben gerettet. Andrerseits war es ihr auch etwas unheimlich, dass er gar keine Probleme damit zu haben schien, einen Menschen umbringen zu müssen, um ein anderes Leben zu retten.

»Nun gut, ich verstehe«, ließ der Köhler das Thema fallen. Im Grunde interessierte es ihn nicht sonderlich, warum man dieses Mädchen töten wollte. Für ihn zählte nur, dass sie lebte und jetzt bei ihm war. Er goss noch etwas Grappa in sich hinein, drehte sich dann um und betrachtete seinen Meiler.

»Hast du gefunden, wonach du gesucht hast?«, fragte er sie.

Jole stieß die Luft aus, trank ein wenig Wasser aus ihrer Feldflasche und schlug die Beine übereinander, um etwas gemütlicher zu sitzen, obwohl ihr dabei, wie sie merkte, wieder der Rücken wehtat.

Schließlich zuckte sie mit den Achseln und antwortete: »Vielleicht. Aber um zu finden, wonach ich gesucht habe, habe ich alles verloren, woran ich geglaubt habe.«

Guglielmo verstand zwar nicht, was sie damit meinte, gab sich indes mit der Antwort zufrieden.

Unterdessen versank die Sonne hinter den Baumkronen, und aus dem Wald drang der liebliche Gesang der ersten Nachtigallen zu ihnen, verbunden mit dem unermüdlichen Trommeln eines Buntspechts, das allerdings bald verstummen würde.

Jole ließ den Blick über die Baumreihen wandern, die den Meilerplatz wie ein Zaun umschlossen, und hatte zum ersten Mal den Eindruck, in einer Art natürlichem Käfig zu sitzen. Ein seltsames Gefühl.

Aber sie dachte nicht länger darüber nach und sagte sich, dass es ihr egal sein konnte. Sie wollte nur noch schlafen. Bis zum nächsten Morgen würde sie sich bestimmt keinen Schritt mehr fortbewegen.

Um zu finden, wonach ich gesucht habe, habe ich alles verloren, woran ich geglaubt habe – die eigenen Worte gingen ihr durch den Kopf, und während sie darüber nachdachte, holte sie ihr Holzpferdchen hervor, sowie das Bild von Sankt Martin, das ihrem Vater gehört hatte. Sie tat es, ohne dass Guglielmo es bemerkte, zum einen, weil sie sich ein wenig schämte, zum anderen, weil ihr diese Dinge persönlich so viel bedeuteten, dass es den Köhler nichts anging.

Heimlich fuhr sie mit den Fingerkuppen darüber und legte sie dann auf den Boden hinter ihren Rücken.

Irgendwann stand Guglielmo auf, griff zu seiner Schaufel, bewegte sich zu dem Meiler und versetzte ihm an einer Stelle einen kräftigen, präzisen Schlag. Dann verschwand er für einen Moment hinter der Hütte aus Baumstämmen und Zweigen, die er sich als Nachtquartier zusammengezimmert hatte, und kehrte mit einer neuen Flasche zurück, die mit einer purpurfarbenen Flüssigkeit gefüllt war.

»Jedenfalls möchte ich jetzt nichts anderes, als so schnell wie möglich nach Hause zurück«, sagte Jole zu ihm.

»Das verstehe ich. Zuerst schläfst du dich mal richtig aus, dann kannst du dich morgen ausgeruht und frisch wieder auf den Weg machen«, antwortete der Köhler, nahm erneut einen kräftigen Schluck aus seiner Grappaflasche und reichte ihr die andere, die noch nicht angebrochen war. »Das ist Saft aus Heidelbeeren und Himbeeren. Der wird dir guttun«, meinte er.

Erfreut nahm Jole die Flasche entgegen, entkorkte sie, setzte sie an den Mund und probierte davon: Tatsächlich schmeckte der Saft angenehm süßlich.

»Weißt du, als ich mich gestern Abend schlafen legte, hätte ich nicht geglaubt, dass mich dieser Mann doch noch aufspüren würde«, begann sie zu erzählen, trank einen weiteren Schluck von dem guten Saft und fuhr fort: »Ich weiß auch nicht, warum ich mich so sicher fühlte, vielleicht, weil ich so erschöpft war und zugleich aufgewühlt, jedenfalls hätte ich nicht für möglich gehalten, dass man mich so leicht überrumpeln kann …« Jole fühlte sich mit einem Mal seltsam, ihr Kopf wurde schwer, und ihre Hände kribbelten und wurden taub.

Eine jähe Müdigkeit überfiel sie, und alles verschwamm vor ihrem Blick. Die Augen begannen ihr zuzufallen, und schwerer, immer schwerer fiel es ihr, sie wieder zu öffnen.

Der Köhler beobachtete sie lächelnd und sagte dann: »Eigentlich habe ich gespürt, dass wir uns noch mal begegnen würden.«

»Tatsächlich?«, murmelte Jole schwach.

»Ja, ich habe nämlich auf dich gewartet.«

Und damit setzte er wieder die Grappaflasche an, während die junge Frau vor ihm in einen tiefen Schlaf fiel.

8

Als Jole wieder zu sich kam, hatte sie entsetzliche Kopfschmerzen.

Ihr Blick war immer noch etwas verschwommen, ihre Glieder fühlten sich taub an. Sie lag in einer winzigen Höhle, die ins lockere, feuchte Erdreich gegraben war. Als sie sich ausstrecken wollte, merkte sie, dass sie an Händen und Füßen gefesselt war. Sie wollte schreien, aber ein Knebel in ihrem Mund hinderte sie daran.

Ein intensiver Geruch nach Rauch und Verbranntem zog ihr in die Nase, aber sie hätte nicht sagen können, woher er kam.

Als sie den Kopf reckte, wurde ihr klar, dass eine ganze Nacht vergangen war, denn einige Sonnenstrahlen, in der Farbe und Neigung des frühen Tageslichts, erreichten gerade den Eingang des Erdlochs, in dem sie lag. Was sie als Erstes neben sich sah, waren die blutigen Überreste des am Vortag ausgeweideten und zerteilten Rehs, das entsetzlich stank.

Da lag sie nun, gefangen, allein und abgeschieden vom Rest der Welt.

Wer mochte ihr das bloß angetan haben?, überlegte sie. Der Köhler, dieser kräftige Mann mit dem gutmütigen Blick, der ihr das Leben gerettet und sie versorgt hatte, ja wohl nicht. Nein, das war unmöglich.

Gleich darauf aber, als alle ihre Sinne wieder ganz wach waren, stellte sie fest, dass der Knebel, der ihr im Mund steckte, eben jenes rußgeschwärzte Taschentuch war, mit dem sich der Köhler bei der Arbeit den Schweiß von der Stirn gewischt hatte. Und dann fiel ihr dieser verfluchte Waldbeersaft, den er ihr angeboten hatte, wieder ein. Da musste er irgendetwas hineingetan haben. Und wo war dieser Guglielmo jetzt?

Das Entsetzen, die Aussichtslosigkeit, die Angst – all das überwältigte sie so unvermittelt, dass ihr fast die Sinne schwanden.

Warum hatte er das getan? Wenn er hinter ihrem Kupfer und Silber her war, hätte er ihr die Ware einfach abnehmen und sie in Ruhe lassen können. Was sollte das, sie zu fesseln und wie eine Ziege einzusperren?

Immer verzweifelter wurde sie und konnte doch ihre Angst nicht hinausschreien.

Sie fühlte sich wie ein Baum in einem brennenden Wald.

Fühlte sich wie das Reh, das neben ihr lag, wie seine Überreste, seine zerstückelten Glieder.

Und ihr wurde klar, dass sie selbst wie das Reh nichts als ein Beutetier war, erlegt von demselben erbarmungslosen Jäger.

Einige Minuten lang warf sie sich wild herum, bäumte sich auf und versuchte vergeblich, die Fesseln um ihre Fuß- und Handgelenke zu lockern. Danach überließ sie sich der Resignation, ihre Glieder erschlafften, und sie rührte sich nicht mehr.

Wo war er, dieser Schuft?

Endgültig hatte sie jetzt gelernt, dass man im Leben einfach keinen Fremden trauen durfte. Und sie dachte an ihre Mutter und ihre Geschwister, die nie erfahren würden, welches Ende sie genommen hatte. Geradeso wie schon bei ihrem Vater. Sie hatte nichts Schlimmes getan und es nicht verdient, auf diese Weise zu sterben, vor allem aber hatten ihre Lieben zu Hause dieses Schicksal nicht verdient.

Das Schicksal, nach dem Familienoberhaupt nun auch noch die älteste Tochter zu verlieren, nicht zu wissen, was aus ihr geworden war, wo, wann und wieso sie sterben musste. Sie fühlte sich schuldig, denn ohne sie würde die Not zu Hause noch größer, der Hunger noch ärger, die Armut noch unerträglicher werden. Offenbar hatte sich dieses ungnädige Schicksal ausgerechnet die arme Familie De Boer als bevorzugtes Opfer ausgesucht.

Und dennoch hoffte sie, dass der Köhler nicht die Absicht hatte, sie in diesem Loch verenden oder von Wölfen fressen zu lassen. Bloß, wo war er?, fragte sie sich in einem fort, ohne eine Antwort auf die quälendste Frage ihres Lebens zu finden.

9

Die Zeit verstrich, die Sonnenstrahlen fielen jetzt warm und senkrecht in die Grube. Je länger ihr der Kadavergestank des ausgeweideten Rehs zusammen mit dem Modergeruch des Erdreichs in die Nase stieg, desto mehr schwanden ihre Kräfte und desto verlorener fühlte sie sich. Ihr Wille durchzuhalten schmolz dahin wie Raureif in der Morgensonne.

Jole ließ jede Hoffnung fahren.

Er hatte ihr alles genommen und würde sie hier verrecken lassen. Das schien ihr sicher zu sein.

10

Irgendwann im Laufe des Tages betrat Guglielmo die Höhle.

Jole hörte ihn etwas Unverständliches grummeln und versuchte sich zu ihm umzudrehen, schaffte es jedoch nicht.

Mit einer Fackel in der Hand, blieb er einen Schritt vor ihr stehen, während der Lichtschein seinen Schatten auf die Höhlenwand malte und seine Gestalt zu einem Monster verzerrte.

»Du dachtest wohl, ich hätte dich vergessen«, sagte er mit einem grölenden Lachen.

Seine Stimme hörte sich verändert an und schien wie aus einer anderen Welt zu ihr zu dringen. In diesem Moment meinte Jole vor Angst zu sterben.

»Ich will jetzt meinen Spaß haben. Bist du bereit?«, fuhr er lachend fort, um dann, plötzlich ernster, hinzuzufügen: »Gestern Morgen habe ich dich gesehen, du weißt schon, dort am Bach, bevor dieser Hurensohn aufgetaucht ist ... Ganz genau habe ich dich gesehen, hab dir zugesehen, wie du dich gewaschen hast, wie du ihn berührt hast, deinen Körper, den die Engel gemacht haben.«

Und damit streckte er einen Arm zu ihr aus, packte sie und warf sie herum.

So wie sie jetzt dalag, konnte sie den Höhleneingang besser erkennen, die Köhlerschaufel, die an der Wand lehnte. Aber auch die Strahlen der Sonne nahm sie nun deutlicher wahr. Die Sonne ging gerade unter über einer Welt, der ihr, Joles, Schicksal gleichgültig war tagein, tagaus. Der Welt, wie sie eben war. Einer Welt, in der nur die Natur selbst und deren Geschöpfe einander respektierten, wenngleich sie grausam waren. Einer Welt, in der nur die Erde, die Wälder und Felsen, die Vögel und alle anderen Tiere noch wussten, was das Heilige in der Natur war, und dessen Feuer weitertrugen. Und es kam Jole einen Moment lang so vor, als würden die Bäume des Waldes, den sie hinter dem Höhleneingang sah, aus einer Art brüderlichen Verbundenheit zu ihr rufen.

Wie ein suhlendes Wildschwein grunzend und keuchend, beugte sich der Köhler jetzt über sie.

Von draußen drangen Geräusche zu ihnen. Ein Rascheln, Blätterrauschen und ein lautes Wiehern. Der Köhler fuhr herum und spitzte die Ohren.

Kurz darauf hörte man wieder Sansone wiehern, der neben dem Rappen angebunden war. Offenbar hatte ihn etwas aufgeschreckt.

Der Köhler sprang fluchend auf.

»Ich bin gleich wieder da«, sagte er mit einem gemeinen Grinsen, »wir haben's ja nicht eilig. Schließlich werden wir die nächsten Tage hier zusammen verbringen.«

11

Jole war wieder allein, gefesselt im Schlamm der Höhle. Sie wollte ein lautes Stöhnen ausstoßen, doch da war immer noch der Knebel in ihrem Mund. Immer wirrer stoben die Gedanken durch ihren Kopf.

Das Bild von Jesus am Kreuz, wie sie es als kleines Kind auf einem Gemälde im Cluniazenserkloster von Campese gesehen hatte, stand ihr plötzlich vor Augen. Dort war sie mit ihrer Großmutter Rosa gewesen, um für ihren Großvater zu beten, der damals seit Längerem entsetzlich hustete und immer schwächer wurde. Sie erinnerte sich, wie beklommen ihr damals angesichts dieses leidenden Jesus zumute gewesen war. Obwohl sie erst sieben Jahre alt gewesen war, hatte sie sich bereits schuldig gefühlt, weil dieser Mann solch ungeheure Schmerzen auf sich genommen hatte, um *alle* Menschen, zu allen Zeiten, und gleich welcher Herkunft zu retten.

»Und er kann wirklich alle, alle retten?«, hatte sie ihre Großmutter gefragt.

»Ja«, lautete die knappe Antwort der alten Frau, die an ihrer Seite saß und den Rosenkranz betete.

Trotzdem war Joles Großvater nur wenige Monate später gestorben, und ein Jahr darauf folgte ihm die Großmutter. Sie selbst war nie mehr in dieses Kloster am Ausgang des Brentatals zurückgekehrt.

Jetzt, elf Jahre später, fühlte sie sich selbst wie dieser leidende Christus, der alle Last der Welt auf den Schultern trug, alles Leid der Menschen, aber auch ihre Wut und ihren Hass, alles Böse, das wie die Spitzen der Dornenkrone in seinen Kopf stach.

12

Der Köhler war zurückgekehrt.

Jole hätte nicht sagen können, wie viel Zeit verstrichen war. Vielleicht einige Sekunden? Minuten? Eine halbe Stunde? Ein ganzer Tag?

Ihr Verstand war wie benebelt, sodass sie keine klaren Gedanken mehr zu fassen vermochte, sondern sich wie in einem undurchdringlichen Wald konfuser Gedankenfetzen bewegte.

»Es war nichts«, sagte der Mann halblaut, als spräche er mehr mit sich selbst.

Gänzlich wehrlos, in exakt der gleichen Haltung, wie er sie zurückgelassen hatte, lag Jole da.

Er trat auf sie zu und zerrte sie an den Haaren hoch, riss ihr dabei eine Strähne aus, die auf das rote Fell des ausgeweideten Rehs neben ihr fiel.

Ebenso unsanft nahm er ihr den Knebel aus dem Mund und warf ihn fort.

»Schrei nur, hier kann dich niemand hören!«

Jole schnappte nach Luft, sie wollte aus Leibeskräften schreien, konnte keinen Laut hervorbringen, als hätte dieser Mann nicht nur ihren Körper und ihre Seele, sondern auch ihre Stimme in seiner Gewalt.

»Jetzt schrei schon!«, fuhr er sie an. Aber Jole blieb stumm, schloss die Augen, um nur noch das Dunkel und sonst nichts mehr zu sehen, so wie früher, wenn sie mit ihrer Schwester Verstecken spielte und die Augen zumachte, um nicht gesehen zu werden, sodass Antonia immer gewann. Es war wie ein Reflex, ausgelöst durch das Wissen, dass sie gerade alles verlor.

Verärgert schlug ihr der Köhler mit dem Handrücken ins Gesicht und dann gleich noch einmal, wuchtige Schläge, die auf ihren Wangen brannten und von den feuchten Höhlenwänden widerhallten.

Dann fiel sein Blick auf den verwesenden Rehkadaver, und er rief: »Das Tier stinkt!«

Eine Hand weiter in ihren langen blonden Haaren, packte er sie fester und schleifte sie hinaus, wobei er mit der anderen Hand nach der Schaufel griff. Wenige Schritte vor seinem Meiler warf er die Schaufel zu Boden und stieß Jole, mit dem Gesicht nach unten, in den Dreck. Dann holte er sich die nächste Flasche Schnaps und trank einen großen Schluck. Ein seltsames Geräusch in seinem Rücken, das auch Jole schwach wahrnahm, ließ ihn verharren. Irritiert schaute er sich um.

»Verdammt noch mal. Was ist denn hier los?« Und damit packte er sie wieder und schleifte sie in die Höhle zurück.

Irgendwann kam er zurück, und das Ganze ging von vorne los, indem er sie erneut auf den Platz vor dem Meiler schleppte. Mit einem höhnischen Grinsen schaute er sich um und fragte dann, indem er sie mit irrem Blick ansah:

»Wie findest du meinen Meiler?«

Mit dem Gesicht am Boden, drehte Jole den Kopf gerade nur so weit, dass sie atmen konnte, auch wenn ihr dabei der Staub auf dem Platz in die Nase drang, vor allem aber auch die Asche, die der Meiler ausstieß und die sich wie grauer Schnee darum herum ablagerte. Im Mund und auf den Lippen spürte sie den Geschmack von Blut.

Zu ihrer Rechten sah sie, nicht weit entfernt, die beiden angebundenen Pferde, ihren Sansone und diesen Rappen. Gezäumt und mit all ihren Taschen auf dem Rücken, stand ihr Haflinger da und schien sehr nervös und unruhig zu sein. Er bewegte sich in einem fort, biss in das Seil, mit dem er fest an eine Birke gebunden war, und trat heftig aus, ohne die geringste Aussicht, sich befreien zu können. Jole war benommen, und vor ihren Augen flimmerte es, dennoch meinte sie zu sehen, dass am Stamm der Kiefer hinter den beiden Pferden, wo am Vorabend noch alle drei Gewehre gelehnt hatten – das des Köhlers, das von Mos und das ihre –, nun nur noch zwei Gewehrläufe zu sehen waren. Ihr verschleierter Blick erkannte Mos' Waffe und die des Köhlers, ihr eigenes Gewehr, Sankt Paulus, hingegen nicht.

»Hör zu, wenn ich mit dir rede!«, herrschte der Köhler sie an und zerrte sie in die Höhle zurück.

Wieder trank er und setzte dann etwas ruhiger hinzu:

»Jetzt sag mal ehrlich: Ist das nicht ein herrlicher Meiler? Ja, man braucht viel Liebe und Hingabe, um so etwas Schönes zu schaffen, Leidenschaft, wie bei allen Dingen.«

Jole blieb stumm, spürte aber, dass ihr Tränen über die Wangen liefen, die sich dort mit dem Blut, der Asche und dem Staub vermischten.

Ich sterbe.

Er beugte sich zu ihr hinab, riss ihr mit brutalen Bewegungen die Hose herunter und das Hemd vom Leib und warf die Kleidungsstücke in hohem Bogen fort.

Dann hob er sie hoch, indem er mit einem Arm um ihren Unterleib griff, und zwang sie auf die Knie.

Ich bin schon tot.

»Lass mich mal fühlen …«, sagte er, indem er ihr von hinten mit einer Hand an die Brüste griff und sich gleichzeitig mit der freien Hand seine Hose bis zu den Knöcheln hinunterstreifte.

Als er es geschafft hatte, steckte er ihr eben diese Hand zwischen die Beine.

Hoffentlich bin ich wirklich tot.

»Ich bin so weit«, sagte der Köhler und ließ sich ungelenk auf den Rücken des Mädchens sinken.

13

»Hände hoch, sonst knalle ich dich ab, verdammter Bastard!«

Auf den Knien, über Jole gebeugt, erstarrte der Köhler.

Die raue, hasserfüllte Stimme, die sie da hinter sich hörte, kam ihr bekannt vor. Doch wer konnte es sein?

»Steh auf und dreh dich um!«, forderte die Stimme jetzt den Köhler auf und rief dann: »Jole!«

Unmöglich, dachte sie, sie musste sich irren.

14

Die Hände erhoben, versuchte der Köhler aufzustehen, aber betrunken, wie er war, torkelte er und stürzte rückwärts zu Boden.

»Jole, ich bin's«, rief der Mann mit dem Gewehr.

Ich muss ganz sicher tot sein, dachte Jole.

Das alles dauerte nur Sekunden.

Das Gewehr weiter auf den Köhler gerichtet, trat der Mann, der ein Bein nachzog, auf den rücklings am Boden liegenden Köhler und die fast leblose Jole zu. Als er ihn vor sich sah, schloss der Köhler die Augen. Und in diesem Moment spuckte ihm der Mann mit der Flinte mit aller Verachtung, zu der er fähig war, ins rußgeschwärzte, rundliche Gesicht und schlug ihm gleich darauf den Gewehrkolben voller Wucht zunächst gegen das Kinn, dann in den Unterleib.

»Da, nimm, Bastard!«, schrie er dabei.

Das kann nicht sein.

»Hurensohn!«, spie er dem Köhler ins Gesicht und trat ihm in die Rippen. »Der Teufel soll dich holen!« Ein weiterer Schlag ins Gesicht folgte.

Das kann nicht er sein.

Jetzt erst ließ der Mann das Gewehr sinken und eilte zu Jole, die noch gefesselt ein wenig entfernt am Boden lag.

»Papa!«

»Jole!«, flüsterte er, legte das Gewehr ab und beugte sich aufgewühlt über sie.

»Pa…«, schluchzte sie mit erloschener Stimme.

Der Köhler lag im Dreck, und sein Gesicht sah aus wie eine riesengroße, einen Steilhang hinab gekullerte Tomate, während aus seinem Mund rötlicher Schaum und ein schwaches Röcheln drangen.

Augusto De Boer löste eilig sein Messer vom Gürtel, durchtrennte die Schnüre, mit denen die Hand- und Fußgelenke seiner Tochter zusammengebunden waren, und zog dann seine Drillichjacke aus, um sie ihr umzulegen. Sie zitterte noch am ganzen Leib. Plötzlich tauchte der Köhler, der irgendwie wieder auf die Beine gekommen war, hinter ihm auf und schlug ihm seine Schaufel mit aller Kraft ins Kreuz.

Augusto kippte zur Seite und blieb reglos liegen, und so kam es, dass sich Jole erneut allein diesem Mann, der sie so gequält hatte, gegenübersah.

Löwenzahnblüte ist mein Schlachtruf, schoss es ihr durch den Kopf.

Nach wie vor am Boden liegend, fand sie zu einer Kraft, die sie sich selbst nicht mehr zugetraut hätte. Mit einer raschen Handbewegung griff sie das Gewehr, das ihr Vater abgelegt hatte, zielte auf den Kopf des Köhlers und schoss.

Sie feuerte, als habe sie nicht nur diesen einen wahnsinnigen Peiniger vor sich, sondern alle Peiniger dieser

Welt, all die widerwärtigen Menschen auf dem Erdenrund, alle Widrigkeiten und alle Grausamkeiten des Lebens, alle Ungerechtigkeiten, die sie und ihre Familie seit jeher erdulden mussten, die Kränkungen, die Schikanen der Tabaksgesellschaft, die Quälereien, die ungezählten Tage des Hungers, der Trauer, der Entbehrungen und Erniedrigungen.

Auf all das feuerte sie und dachte dabei, mit diesem einen Schuss dies alles ungeschehen zu machen.

Der Knall war ohrenbetäubend.

Aufgeschreckt von dem jäh die Stille zerreißenden Schuss, flogen Scharen von Vögeln ringsum auf.

Sein Echo hallte durch die Täler, prallte ab von den Felswänden der Vette Feltrine, kehrte zurück zu dem Meilerplatz und klang dort nach.

Jole erfasste ein seltsamer Taumel, in dem Schmerz und Genugtuung sich vermengten, ein Gefühl der Befreiung von einer lang anhaltenden Angst. Während der Schuss in ihrem Kopf nachhallte und einfach nicht weichen wollte, tauchten verschwommene Bilder vor ihrem geistigen Auge auf: Erinnerungen aus ihrer Kindheit, wie sie zum ersten Mal die lauten Totenglocken der Kirche von Asiago hatte läuten hören, und der Ernst, mit dem später, bei der Beerdigung ihrer Großmutter, die Frauen des Dorfes ein Klagelied angestimmt hatten.

Beide Male hatte sie sich die Ohren zuhalten müssen, weil diese Klänge zu schmerzhaft für sie gewesen waren.

Auch die Ereignisse der letzten Tage wirbelten ihr durch den Kopf, und sie fühlte sich einer Ohnmacht nahe. Aber sie kämpfte dagegen an, um mit wachen Augen alles zu verfolgen und in sich aufzunehmen, was tatsächlich geschah.

Immer noch stand da wie erstarrt dieser schwere Mann mit dem blutenden Kopf vor ihr, der noch nicht gefallen war.

»Verflucht seist du!«

Noch einmal zielte sie auf seinen Kopf und schoss.

Traf ihn im Gesicht.

Ich habe ihn getötet.

Der Köhler sackte in sich zusammen.

Ich habe getötet. Jetzt und für alle Zeit.

15

Eine halbe Wegstunde von dem Ort entfernt, wo sich Augusto und seine Tochter nach Jahren wiedergefunden hatten, lagerten sie, entzündeten ein Feuer und saßen zusammen schweigend davor. Beide waren noch wie betäubt, zwei Bergwanderern ähnlich, die mit knapper Not einem verheerenden Erdrutsch entkommen sind. Um sich gegen die Kälte zu schützen, hatte sich Jole eine blaue Decke umgelegt, die ihrem Opfer gehört hatte.

Es war der späte Nachmittag jenes denkwürdigen Tages, an dem Jole nicht nur ihren Vater wiedergefunden, sondern auch einen Menschen getötet hatte. Der Tag, an dem sie vom Opfer zur Täterin geworden war.

Nach den Schüssen auf den Köhler hatte sich Jole um ihren Vater gekümmert. Fast ehrfurchtsvoll hatte sie sich ihm genähert, fassungslos, dass er es wirklich war. Einige Augenblicke stand sie reglos vor ihm und betrachtete diese Gesichtszüge, die ihr so vertraut waren und die sie nie mehr wiederzusehen geglaubt hatte. Dann, als würde sie aus einem Traum erwachen, kniete sie bei ihm nieder, fühlte seinen Puls, seine Stirn, überzeugte sich, dass er noch atmete. Zum Glück war er nur bewusstlos. Nach einigen Minuten kam Augusto zu sich und setzte sich auf.

»Wir sind gerettet«, sagte er, als er aufstand und den toten Köhler sah. Dann nahm er seine Tochter lange in den Arm.

Sie sollten so schnell wie möglich von dort verschwinden, stimmten sie überein, zunächst aber mussten sie die Leiche des Köhlers verschwinden lassen. Jole schlug vor, ihn in das Loch zu werfen, in dem er sie gefangen gehalten hatte, doch ihr Vater beschloss, ihn in den glimmenden Meiler zu stecken, wo er sich in seiner eigenen Räucherkammer auflösen würde, ohne irgendwelche Spuren zu hinterlassen. Und das taten sie dann auch: Sie verbreiterten eines der Zuglöcher so weit, dass sie den Körper zumindest teilweise hineinzwängen konnten, und stießen ihn mit ihren letzten verbliebenen Kräften ganz hinein.

Jetzt saßen sie vor dem Lagerfeuer, ruhten sich aus und aßen von den Lebensmitteln, die sie in der Köhlerhütte gefunden hatten: Speckschwarte, Roggenbrot und Lamon-Bohnen.

Augusto hatte einen Riesenhunger, Jole hingegen verspürte einen Knoten im Magen, steckte sich etwas in den Mund, kaute darauf herum und bekam es nicht hinunter.

Wenige Schritte von ihnen entfernt, hatten sie Sansone und den Rappen an eine Eiche gebunden, ihnen genug Leine gelassen, dass sie dort das letzte gelbliche Herbstgras abweiden und an dem Rinnsal, das dort floss, ihren Durst löschen konnten.

»Denk nicht mehr daran, Jole. Du hast getan, was du tun musstest – auch wenn ich es eigentlich hätte tun müssen.«

In der Hand den längst verwelkten Löwenzahn, den ihr Maddalena geschenkt hatte, saß Jole da und stierte ins Leere.

Sie waren beide übel zugerichtet, dachte sie, als sie auf die Blumenreste niederblickte, mit denen sie zwischen den Fingern spielte.

Ihre blau, grün und grau schimmernden Augen waren wie ein Gletscher, der sich, des ewigen Eises müde, danach sehnte, zu einem See zu werden, in dem sich das Sommerlicht spiegelt.

Augusto aß seine Speckbohnen und schaute sich dabei, wie ein Hirsch im offenen Gelände, immer mal wieder misstrauisch um.

Er hatte sich verändert, war noch etwas hagerer geworden, als er ohnehin schon immer gewesen war, er zog ein Bein nach, und sein dunkler Schnurrbart ging langsam in einen langen grauen Vollbart über.

»Was hattest du dort überhaupt zu suchen?«, fragte er Jole irgendwann.

Aus den Gedanken gerissen, schaute sie ihn an.

»Ich war auf dem Weg nach Hause.«

»Du hättest gar nicht aufbrechen sollen.«

»Einer musste es tun. Wir haben alle geglaubt, dass du tot bist. Was ist denn nur mit dir passiert?«

Augusto schwieg einen Moment, und zum ersten Mal überhaupt sah Jole, dass ihm eine Träne über die Wange lief.

»Ich bin umhergeirrt. Ich musste mich verstecken.«

Jole riss die Augen auf. »Aber du hast doch nicht wirklich ein kleines Mädchen getötet, oder?«

»Das haben sie dir wohl erzählt, diese Bastarde.«

Augusto senkte den Blick, seufzte und begann: »Dass dieser Näckler, dieser halb verrückte Österreicher, das

Mädchen umgebracht hat, war eigentlich allen klar dort unten in der Osteria. Aber De Menech wollte seinen Kumpel nicht verlieren, und deshalb hat er den Gendarmen erzählt, dass sie nach einem Italiener suchen müssten. Er habe gesehen, wie ich das Mädchen getötet hätte. Das war natürlich frei erfunden. Am Tag vorher hatten wir gestritten, weil ich jemanden gefunden hatte, der mir viel mehr Metall für meinen Tabak zu geben bereit war als dieser Wucherer De Menech. Dies sei die letzte Ladung, die er von mir bekommt, habe ich zu ihm gesagt. Daraufhin hat er mich übel beschimpft und hätte um ein Haar sogar zum Gewehr gegriffen. Und so kam es, dass ich Hals über Kopf aus Imer abhauen musste, auf der Flucht vor den kaiserlichen Gendarmen, die mich nun nicht mehr nur als Schmuggler, sondern auch als Kinderschänder und -mörder zu jagen begannen.«

Jole hatte ihren Vater noch nie so viel und so atemlos erzählen hören. Er schien ein anderer geworden zu sein. Manche Ereignisse verändern einen Menschen für immer.

»Ich wusste, dass du dem Mädchen nichts getan haben kannst«, bemerkte Jole.

»Natürlich nicht«, knurrte Augusto, schaute ihr fest in die Augen und fuhr fort: »Allein bei der Vorstellung, mich an einem jungen Mädchen wie dir oder Antonia zu vergreifen, dreht es mir den Magen um. Und für solch ein Ungeheuer gehalten zu werden, wünsche ich nicht mal meinem ärgsten Feind.«

Dann erzählte er, wie er vor den Gendarmen geflohen war, durch das Val Noana und dann den Monte Pavione hinauf, wo ihn die Zollwache gestellt und das Feuer eröffnet hatte, wobei eine Kugel ihn am Bein traf.

»Irgendwie habe ich es mit dem blutenden Bein über die Grenze geschafft und bin humpelnd weiter abgestiegen.«

»Und dann?«

»Dann habe ich zunächst einmal notdürftig mit Kräutern, die ich fand, die Wunde versorgt und verbunden und bin weitergezogen in Richtung der Südhänge der Vette Feltrine, bis einige Holzfäller – Gott möge sie ewig beschützen – mich fanden und in ihre Hütte brachten. Und dabei habe ich immer an euch gedacht – die ganze Zeit.«

Augusto schwieg einen Moment lang und sah seine Tochter mit glänzenden Augen an. Dann warf er einen weiteren trockenen Ast ins Feuer; es knisterte, und unzählige Funken stoben auf.

»Ach, Papa ...«, seufzte Jole, rückte noch näher an ihn heran und umarmte ihn. So verharrten sie eine Weile, bevor er fortfuhr:

»Dort in der Hütte haben sie die Schusswunde neu verbunden, und einer von ihnen, Tomaso, hat mich auf den Schultern zu sich nach Hause getragen, nach Laredo, einem winzigen Dorf mit zwei, drei Häusern, das versteckt in den Wäldern oberhalb von Lasen liegt.

Tomasos Frau und seine Schwiegermutter haben sich dort um mich gekümmert, obwohl kaum Aussicht bestand, dass ich überleben würde: Knie und Schienbein waren durchschossen, und die Wunde hatte sich bereits entzündet.«

»Und warum haben diese Leute einem Fremden auf der Flucht überhaupt vertraut?«

»Ich habe ihnen erzählt, was passiert ist. Ob sie mir geglaubt haben, weiß ich nicht. Dafür weiß ich aber jetzt, wie weit Mitgefühl und Barmherzigkeit gehen können. Vor allem unter Notleidenden, die selbst nichts haben.«

Jole fuhr sich mit der Hand durch ihr fettig und schmutzig gewordenes Haar und bedeutete ihm weiterzuerzählen.

»Ich war wirklich mehr tot als lebendig, aber sie haben mich nicht aufgegeben. Zwei Wochen lang hatte ich hohes Fieber, bevor es mir langsam ein wenig besser ging, doch erst nach vier Monaten konnte ich zum ersten Mal aufstehen, mithilfe einer Krücke, die mir Tomaso geschnitzt hatte. Bestimmt zehn Kilo hatte ich abgenommen und konnte immer noch nicht richtig essen.

Ein Jahr später erst begann ich, humpelnd ein wenig umherzulaufen, und noch einmal ein weiteres halbes Jahr dauerte es, bis ich etwas Gewicht zulegte und wieder zu Kräften kam. Ab dann habe ich mich darauf vorbereitet, nach Hause zu wandern. Jeden Tag war ich im

Wald unterwegs und bemühte mich, kräftiger zu werden und immer längere Strecken durchzuhalten. Und dabei hatte ich nur einen Gedanken im Kopf: nach Hause zu kommen, zu euch, meiner Familie, zurückzukehren.«

»Während wir dachten, dass du tot bist.«

Augustos Augen wurden erneut feucht. »Das hat mir am allermeisten zugesetzt: dass ich euch nicht benachrichtigen konnte, dass ich euch nicht mitteilen konnte, wo ich bin und wie es mir geht. Und als ich dann vor einer Woche begriff, dass ich endlich so weit bin, mich von Tomaso und seiner Familie zu verabschieden und den langen Weg zu wagen, fühlte ich mich wie der glücklichste Mensch auf der Welt.«

»Und was ist mit unserem Maulesel? Mit Ettore?«

»Ach, das arme Tier hat die Zollwache erschossen, oben auf dem Monte Pavione.«

»Der arme Ettore ... Ja, und wie hast du mich überhaupt gefunden?«

»Das war seltsam ... Nachdem ich zwei Tage gewandert war, sind mir langsam die Kräfte ausgegangen. Ich hatte mir in den Kopf gesetzt, noch etwas zu erledigen, bevor ich mich auf den Heimweg mache, dann merkte ich, dass ich mir zu viel zugemutet hatte. Zum Glück traf ich unterhalb des Monte Pavione eine junge Schäferin. Die hat mir geholfen.«

»Eine Schäferin? Trug die etwa so eine Mütze mit einem Fuchsschwanz daran?«

»Ja.«

»Maddalena. Sie hat mir auch geholfen.«

»Ich weiß. Sie erzählte mir von einem blonden schönen Mädchen aus dem Brentatal, das ihr dort oben begegnet war. Es sei auf der Flucht gewesen, erzählte sie mir, und als sie mir dann den Namen nannte, wusste ich Bescheid. Ich sagte ihr, dass ich dein Vater bin, raffte meine letzten Kräfte zusammen und folgte deinen Spuren.«

»Eigentlich hätte ich dich ja finden sollen. Und nun war es umgekehrt. Aber wie konntest du wissen, dass ausgerechnet ich dort gefangen gehalten wurde?«

Augusto griff in eine Tasche und schien dort nach etwas zu suchen.

»Zunächst wurde ich auf den Rauch aufmerksam, der schon von Weitem über dem Wald zu erkennen war. Ich hielt darauf zu und gelangte zu dem Meilerplatz, wo die beiden Pferde angebunden standen. Und dort habe ich dann das hier gefunden.« Mit diesen Worten reichte er ihr das Holzpferdchen und das Heiligenbildchen mit Sankt Martin drauf, die Jole neben sich auf den Boden abgelegt hatte, bevor sie von dem Saft trank, mit dem der Köhler sie betäubt hatte.

»Außerdem habe ich das Sankt Paulus entdeckt. Das Gewehr lehnte an einem Baum, ich nahm es zur Hand und wollte gerade nachsehen, ob es geladen war, da sah ich, wie er dich auf den Platz hinausschleifte …«

218

»Hör auf!«

Fast ohne es zu merken, hatte Jole geschrien. Jedes Wort, jedes Bild, das sie an die gerade überstandene Tortur erinnerte, war ihr zuwider.

Eine Weile saßen Vater und Tochter schweigend da. Der abnehmende Mond über ihnen sah melancholisch aus, während die Sterne so hell funkelten, als seien sie lebendig und hörten ihnen zu, gäben gut acht auf ihre Worte, um deren geheime Bedeutung zu erfassen und sie dann für immer an diesem kristallklaren nächtlichen Herbsthimmel zu verbergen.

»Wie groß du geworden bist, Jole!«, brach schließlich Augusto das längere Schweigen. In der Tat konnte er den Blick nicht von seiner Tochter abwenden.

Jole senkte den Blick und schmiegte sich an ihn.

Auch wenn sie sich immer wieder gesagt hatte, dass er tot sein musste, hatte sie es nie aufgegeben, von diesem Moment zu träumen. Über zwei Jahre lang hatte sie ihn nicht gesehen, hatte sie seine Stimme nicht gehört, und jetzt überwältigte es sie, und sie brach in Tränen aus.

Es war, als wäre ihr Vater tatsächlich gestorben, um wunderbarerweise wieder ins Leben und zu ihr zurückzukehren. Und so fühlte sie sich jetzt auch selbst wieder ganz lebendig. Ein seltsames Gefühl, zusammen mit dem eigenen Vater neu geboren zu werden, im gleichen Moment.

Augusto hingegen stellte sich im Geiste seine Rückkehr nach Hause vor und sprach mit seiner Familie. ›Ach, wie habe ich dich vermisst, mein kleiner Sergio, mit deinen Holzpferdchen, deinem neugierigen Blick, deinen kleinen zarten Händen‹, dachte er. ›Was habe ich es vermisst, dass du zu mir gelaufen kommst und auf meine Knie kletterst, weil dich jemand ausgeschimpft hat oder weil niemand Zeit hat, mit dir zu spielen. Ich hab dich lieb, mein Kleiner. Halt noch ein wenig durch, bald bin ich wieder bei dir und bei Antonia und bei Mama. Bald sind wir wieder bei euch.‹ Erst jetzt wurde ihm bewusst, dass er sich noch gar nicht bei Jole erkundigt hatte, wie es ihnen allen zu Hause ging. Da er so viel an sie gedacht hatte, war es ihm so vorgekommen, als wären sie tatsächlich ganz in der Nähe.

»Wie geht es Mama?«, fragte er jetzt. »Und Antonia? Und Sergio?«

Jole schluchzte und wischte sich die Tränen aus den Augen.

»Wenn wir endlich zu Hause sind, geht's ihnen wieder gut. Und wie …«

»Warum hast du das getan, Jole? Wie kamst du auf die Idee, ganz allein ins Primörtal loszuziehen?«

»Wie gesagt, was blieb mir anderes übrig? Dass wir zu manchen Zeiten hungern müssen, sind wir zu Hause ja gewöhnt. Aber seit du weg warst, wurde alles noch schlimmer, viel schlimmer sogar …«

»Ich weiß.«

Sie aßen noch mehr von dem Speck, den sie über dem Feuer brieten, und Roggenbrot dazu.

Erst dann fuhr Jole fort: »Und da dachte ich, ich muss etwas tun, und habe mich auf den Weg gemacht. Vier Kilo Silber und acht Kilo Kupfer habe ich verdient«, verkündete sie nicht ohne Stolz.

Augusto spuckte den Bissen aus, den er gerade im Mund hatte, so überrascht war er.

»Du machst Witze.«

»Nein, es ist wahr«, erwiderte Jole ganz gelassen.

»Gott segne dich, meine Tochter!«

Und dann erzählte sie ihm, ohne Überschwang – dazu war sie noch zu erschüttert – von Anfang alles, was sie erlebt hatte, und immer verwunderter hörte Augusto ihr zu.

»Dann gehörte dieser Rappe also dem Mann, der uns beide töten wollte?«, fragte er schließlich nach.

Jole nickte.

»Da haben wir ja Glück, dass das Tier so zahm ist«, bemerkte Augusto und lauschte anschließend aufmerksam der Geschichte, wie Jole zu ihrem Haflinger gekommen war.

Dann schwiegen sie, ein jeder in seine eigenen Gedanken versunken. Augusto dachte an seine Familie, an die langen Monate und Jahre, die er von ihr getrennt gewesen war, und an die Menschen, die ihm in dieser Zeit geholfen hatten. Und irgendwann wusste er nicht mehr, ob er das, was er dachte, laut zu Jole oder nur zu sich selbst gesagt hatte.

16

»Lass uns bald nach Hause ziehen, Papa!«

Augusto schaute zum Mond hinauf, umarmte seine Tochter, die neben ihm saß, und bewegte kaum merklich die Lippen, als wollte er ein Gebet sprechen, ohne von jemandem gehört zu werden.

»Ich möchte jetzt bald nach Hause«, bekräftigte Jole noch einmal.

»Ja, natürlich. Aber zuvor müssen wir noch zwei Dinge erledigen.«

Brüsk löste sich Jole aus seinem Arm und schaute ihn an, als habe er den Verstand verloren.

»Und dazu müssen wir noch einmal zum Monte Pavione zurück«, fügte Augusto hinzu.

Jole sprang auf.

»Zum Monte Pavione? Nein, da kriegt mich keiner mehr hin!«

17

Im Morgengrauen des nächsten Tages machten sie sich auf den Weg. Sie ritten den Tannenwald hinauf und erreichten in weniger als drei Stunden die Südhänge des Monte Pavione.

Am Vorabend hatte Jole noch lange geweint, bevor sie endlich vor Erschöpfung eingeschlafen war. Aber als sie am Morgen erwachte, war alles anders. Sie fühlte sich viel besser. Die Amseln und Drosseln in den Bäumen um sie herum sangen, und sie deutete deren Gesang als sanfte Aufforderung, sich zusammenzunehmen und ihrem Vater zu folgen.

Zwar konnte sie sich nach allem, was sie erlebt hatte, nicht mit der Vorstellung anfreunden, genau dorthin zurückzukehren, wo das Drama begonnen hatte. Alle Wunden, die sie davongetragen hatte, waren noch offen, und sich erneut diesem Berg mit seinen unheimlichen Winden auszusetzen, bedeutete ein großes Opfer für sie. Da es aber ihr Vater war, der sie darum bat, jener Mann also, den sie zwei Jahre für tot gehalten und betrauert und dann auf so wunderbare Weise wiedergefunden hatte, ließ sie sich umstimmen. Zudem hatte Augusto ihr versichert, dass sie selbst erkennen würde, wie wichtig sein Vorhaben war.

Sie standen einen Moment lang beieinander und schauten zum Gipfel des mächtigen Monte Pavione hinauf. Es musste geschneit haben, denn er war weiß geworden, und tatsächlich trieb am Himmel ein stürmischer Wind die ersten Schneewolken vor sich her.

»Los, komm«, sagte Augusto.

Sie spürte, dass sie zu allem bereit war, solange sie nur nicht wieder von ihm getrennt würde. Und so hatte sie ihren Hut aufgesetzt und sich in den Sattel auf Sansones Rücken geschwungen. Kurz tastete sie nach ihrem Gewehr, jener Waffe, die ihr zwar das Leben gerettet, dieses aber auch für immer verändert hatte.

Vater und Tochter waren mit ihren Kräften am Ende und wussten beide, dass diese Verzögerung ihrer Heimkehr eine große Gefahr barg. Nicht nur, weil sie beide jederzeit vor Erschöpfung zusammenbrechen könnten, sondern auch wegen der Grenzpatrouillen, mit denen sie dort oben jederzeit rechnen mussten.

Zunächst ritten sie wieder die Wiesen am Fuße des Pavione hinauf. Als der Aufstieg steiler und anstrengender wurde, führte Augusto sie über verschlungene Pfade, die Jole nicht kannte. Gelegentlich blieb er stehen, um sich zu orientieren und zu vergewissern, dass keine Grenzsoldaten in der Nähe waren.

Nach über einer halben Stunde steilen Aufstiegs kam ein starker Wind auf. Es war jener Wind, den Jole inzwischen mehrmals erlebt und zu achten gelernt hatte, fast so, als würde sie sich demütig seiner mächtigen Stimme fügen. Augusto selbst war es ja gewesen, der ihr bei

ihrer ersten gemeinsamen Überquerung des Gebirgs-
kamms von der tieferen Bedeutung dieses Windes, dieser »Seele der Grenze«, erzählt hatte.

»Alles in Ordnung?«, fragte er jetzt.

»Ja.«

Vater und Tochter schauten einander an. Augusto deutete auf eine Gruppe von Zirbelkiefern und bewegte sich
in diese Richtung. Jole folgte ihm in geringem Abstand.

Sie hatten gerade die letzten, vom ewigen Sturm nie-
dergedrückten Kiefern auf dieser Seite des Geröllfeldes
hinter sich gelassen, da stieg Augusto vom Pferd und
band es an einen Baum. Er bedeutete Jole, ihm zu folgen, und ging zu Fuß weiter. Mühsam querten sie das
Geröllfeld und gelangten zu einer Stelle, wo eine gewal-
tige Steinlawine niedergegangen war. Jole erschauderte:
Der kleinste Felsblock war noch so groß wie ein Kalb.
Augusto blieb stehen, schaute sich suchend um und
kletterte dann humpelnd vielleicht zehn Meter den Hang
zu einem bestimmten Felsblock hinunter. Dort drehte
er sich zu Jole um, und sie verstand und folgte ihm.

Als sie bei ihm war, sah sie drei Buchstaben, die mit
einem spitzen Gegenstand in den gigantischen Felsen
geritzt worden sein mussten: ADB.

An den Bewegungen von Augustos Kinn- und
Schnurrbart glaubte sie zu erkennen, dass er in sich hin-
einlachte. Keinen Zweifel aber gab es für sie, dass seine
Augen vor Freude strahlten.

Ein wenig schwerfällig wegen seines steifen Beines kniete er vor dem Felsblock nieder und begann, mit beiden Hände die kleineren Steine, die davorlagen, zur Seite zu räumen.

»Hilf mir mal«, sagte er und blickte zu seiner Tochter auf.

Jole ging ebenfalls in die Knie und machte sich wie er daran, Stein um Stein zur Seite zu werfen, bis irgendwann ein Stück Jutegewebe zum Vorschein kam.

»Da ist es!«, rief Augusto aufgeregt. »Wir haben es gefunden!«

Nach einigen weiteren Minuten hatte sich der Jutefetzen als ein ganzer Sack entpuppt. Ein großer, prall gefüllter Sack. Augusto griff zu seinem Messer, schlitzte ihn auf und langte hinein. Als er einen Augenblick später die Hand wieder zurückzog, umfasste sie den Lauf eines Gewehres.

»Was wäre Sankt Paulus ohne Sankt Petrus?«, sagte er und reichte ihr den Zwillingsbruder ihres Werndl-Holub.

Jole lachte.

Noch einmal griff Augusto in den Sack zwischen den Steinen, und nicht lange, da holte er Stück für Stück eine ganze Reihe von Metallbarren hervor, zunächst fünf Kilobarren Silber, dann sieben Kupfer. Er reichte sie Jole, die ihren Augen kaum traute. Als er schließlich einen letzten, achten Kupferbarren hervorgezaubert hatte, sagte er: »Ich habe dir ja versprochen, dass sich der Abstecher lohnen würde. Es ist noch alles da, fünf und noch mal acht. Das macht zusammen mit deinen Barren insgesamt neun Kilo Silber und sechzehn Kilo Kupfer.«

»Wie hast du das alles bloß retten können?«, fragte Jole, die Mühe hatte, alle Barren im Rucksack zu verstauen.

»Als Ettore von dem Schuss getroffen am Boden lag, habe ich die Sachen abgeladen und selbst geschleppt.«

»Mit deinem verwundeten Bein?«

»Ja, mit meinem verwundeten Bein habe ich den Pass überquert und die Barren hier vergraben. Dann bin ich weiter in Richtung der Wälder des Lasen abgestiegen.«

»Trotzdem, Papa …« Jole blickte sich um. »Wie hast du es nur geschafft, in dieser Steinwüste …«

»Der Geist der Grenze, Jole. Die Winde des Monte Pavione haben mir geholfen!«

Jole half ihm auf, und sie kehrten langsam zu ihren Pferden zurück.

»Das bedeutet wohl, dass wir jetzt endlich das Schmuggeln drangeben können, oder?«, fragte Jole, bevor sie sich auf Sansones Rücken schwang.

»Ich hoffe. Schließlich hast du ja auch einiges erbeutet. Aber meine Barren sind nicht alle für uns.«

»Wieso?«

»Gott würde es mir nicht verzeihen, wenn ich mich nicht anständig bei den Menschen bedankte, die mir das

Leben gerettet haben.« Damit ergriff er die Zügel des Rappen und setzte entschlossen hinzu: »Auf nach Laredo. Mir nach!«

Und so machten sie sich wieder auf den Weg und ritten ins Tal, Richtung Nordosten, während die Winde der Grenze hinter ihnen heftig brausten und Worte heulten, die nach Vergeltung und Gerechtigkeit klangen.

18

Über eine Flanke, die Jole gänzlich unbekannt war, zogen sie ins Tal und hielten weiter die Augen offen, weil die Grenze immer noch nahe und jederzeit mit Patrouillen zu rechnen war. Als wären sie von einer Mission durchdrungen, die tief in die Vergangenheit zurückreichte, bewegten die De Boers sich voran. Wer Augustos entschlossene Miene sah, hätte glauben können, er sei durch einen Bluteid an einen unumstößlichen archaischen Befehl gebunden.

Sie ritten durch Tannenwälder und dann, weiter talwärts, durch ausgedehnte Eichen- und Buchenwälder.

Nach über drei Stunden mit einem ständigen Auf und Ab auf gefährlichen Abhängen und mühsamen Anstiegen erreichten die beiden schließlich eine aus Lärchenstämmen errichtete Hütte. Auf der Tenne, unter einem ausladenden wilden Maulbeerbaum, erblickten sie einen vielleicht vierzigjährigen, großen, drahtig wirkenden Mann, der damit beschäftigt war, gesägtes Holz mit einer Axt in längere Scheite zu spalten, die hinter der Hütte gestapelt und im Winter verfeuert würden. So ausdauernd und gleichmäßig bewegte er sich, als wäre es seine Bestimmung, exakt diese Bewegungen sein Leben lang auszuführen.

Erst als Jole und ihr Vater nur noch ein paar Dutzend Schritte von dem Mann entfernt waren, blickte er auf, ließ die Axt sinken, stützte sich auf den langen Stiel und betrachtete sie verwundert.

»Tomaso!«, rief Augusto und winkte.

Jetzt veränderten sich die Gesichtszüge des Holzfällers, er lächelte und eilte den beiden entgegen.

»Nun, Augusto, hast du es dir anders überlegt? Woher hast du das Pferd? Und wer ist das Mädchen?«, fragte Tomaso, der neugierig Jole den Blick zuwandte.

»Das ist meine Tochter«, antwortete Augusto, während er vom Pferd stieg.

Tomaso ging seine Frau holen, die Schwiegermutter und die Kinder, zwei nicht zu bändigende Jungen, der eine sechs, der andere acht Jahre alt. Alle umarmten sich, sie führten die Pferde in den Heuschober und betraten die Berghütte.

Tomasos Familie war ebenso arm wie die De Boers, und eben diese Armut war wie eine gemeinsame Sprache, in der sie einander verstanden, einander zuhörten

229

und erzählten, von Entbehrungen und Not und den Mitteln, mit denen sie ihnen trotzten.

Wenngleich sie wenig hatten, teilten sie alles: Zusammen aßen sie Gerstensuppe und ein wenig Brot und tranken Wasser, gemischt mit etwas Holunder- und Himbeersaft.

Während Jole ein wenig mit den beiden Jungen spielte, erzählte Augusto dem Freund, wie er seine Tochter wiedergefunden hatte. Irgendwann überließ Jole die kleinen Racker sich selbst und setzte sich wieder zu ihrem Vater an den Tisch. Der Rücken schmerzte ihr immer noch, aber sie schenkte dem mittlerweile kaum noch Beachtung.

Ihr Vater bat sie, ihm den Rucksack zu bringen, und als sie diesen herangeschleppt hatte, öffnete Augusto ihn, nahm drei Kilo Silber heraus und legte sie auf den alten Tisch aus Tannenholz.

»Das ist für euch, als Dank. Ohne eure Hilfe säße ich jetzt nicht hier mit meiner Tochter.«

Tomaso, der einen Moment lang überrascht die Augen aufgerissen hatte, schüttelte sogleich den Kopf.

»Das können wir nicht annehmen.«

»Doch, das müsst ihr. Im Namen unserer Freundschaft.«

Nicht an Geschenke gewöhnt, schlug der Waldbauer die Augen nieder. Schließlich stand er auf und schloss den Freund in die Arme. Einen Moment lang standen

230

die Männer in ihrer Umarmung da, bis Augusto zu seiner Tochter blickte. »So, jetzt können wir heimkehren.«

19

Drei Tage lang waren sie unterwegs.

Drei Tage voller Strapazen, voller Ungeduld, drei Tage, in denen Jole spürte, dass sie sich unwiederbringlich verändert hatte.

In der kurzen Zeit, die sie fern von zu Hause gewesen war, hatte sie mehr erlebt als in ihrem ganzen Leben zuvor. Und nun war sie entkräftet, abgemagert und dreckig, verbrannt, zerzaust und ausgezehrt von Sonne und Wind, Kälte und Feuchtigkeit. Sie fühlte sich nervlich und körperlich zerschlagen.

Und doch war da ein Gefühl, das in diesem Moment alles andere überwog: Glück. Sie war glücklich, nach Hause zu kommen, zu ihrer Mutter und ihren Geschwistern, und das auch noch in Begleitung ihres Vaters und mit einer Ladung grober Edelmetallbarren im Rucksack, die ihnen allen eine bessere Zukunft versprachen. Konnte sie mehr verlangen?

Erneut durchquerten sie die Eichen- und Buchenwälder um Lasen, ritten erneut am Fuß des Monte Pavione entlang, vor dem sich beide wie vor einer Art

Altar verneigten, drangen in die endlose Weite der Tannenwälder ein, die sich von den Vette Feltrine bis oberhalb Fanjas erstreckten, hielten sich immer in einer gewissen Höhe und machten selbst um das kleinste Dorf einen weiten Bogen.

Sie jagten Hasen und fingen Forellen, passierten Seeufer, durchwateten Wildbäche, zogen über Wiesen, ausgedehnte gelbliche Weideflächen und mit Laubwäldern bestandene Hügel, deren Kronen mittlerweile kahl geworden waren. Vom Waldrand aus sahen sie unter sich die Gemeinde Arsis liegen, und bald darauf erreichten sie die Berge, die an dem linken Ufer der Brenta vorgelagert waren.

Schließlich kämpften sie sich den Steilhang ins Tal hinunter, hörten dort angekommen das Pfeifen der neuen Lokomotive, das von den Felswänden links und rechts widerhallte, durchquerten den Fluss und stiegen am rechten Ufer wieder auf in Richtung der Hochebene von Asiago, nun über Wege und Pfade, die Augusto selbst noch gespurt und gekennzeichnet hatte. Endlich erreichten sie die ersten Tabakterrassen.

Die meiste Zeit war Jole ihrem Vater im Abstand von vielleicht zehn Schritt gefolgt. Nur selten waren sie nebeneinander geritten, und noch seltener hatte sie die Führung übernommen.

Am Abend des dritten Tages kam Nevada in Sicht. Bevor sie den dichten, dornigen Wald, der zu ihrem Haus führte, hinter sich ließen, wandte sich Augusto zu seiner Tochter um und sagte: »Komm, reite voran, das hast du dir verdient.« Er machte ihr Platz, damit sie als Erste daheim eintraf.

Als Jole ihr Haus sah, löste sie das rote Tuch, das sie um den Hals trug, und brach in Tränen aus. Es kam ihr so vor, als wäre sie monate-, ja jahrelang fort gewesen. Und in gewisser Hinsicht war sie das auch.

Die Pferde ließen sie auf der Wiese gegenüber der alten Käserei zurück und gingen die letzten Schritte zu Fuß in Richtung ihrer Eberesche, die so spät im Jahr nur noch wenig orangerote Beeren trug.

Kaum hatten sie den Baum erreicht, hörten sie schon die Freudenschreie ihrer Liebsten und sahen sie aus dem Haus stürmen und mit ausgebreiteten Armen auf sie zulaufen.

Agnese umarmte Mann und Tochter und fiel dann auf die Knie, um, vor Freude weinend, dem Herrgott zu danken. Antonia und Sergio sprangen herum und wussten vor Glück nicht, wohin mit sich.

Erst als sie im Haus waren, spürten Jole und ihr Vater so richtig, dass die Todesängste, die sie ausgestanden hatten, die Strapazen, die ihnen in den ausgekühlten, bis aufs Äußerste beanspruchten Knochen steckten, sie völlig ausgelaugt hatten. Sie bewegten sich wie im Fieber.

»Hier, Papa«, sagte Jole und reichte Augusto ihr Gewehr, »das kann ich nicht mehr sehen.«

Ihr Vater nahm es entgegen, um es zusammen mit Sankt Petrus zu verstecken und nie mehr hervorzuholen.

Auch er wollte mit den Waffen nichts mehr zu tun haben.

Als sie sich einige Tage später einigermaßen erholt hatten, versteckte Augusto auch das Silber und Kupfer an sicheren Orten. Im Stall richtete er einen Platz für die beiden neuen Pferde ein und begann damit, all das wieder instandzusetzen, was in den letzten zweieinhalb Jahren mehr oder weniger sich selbst überlassen gewesen war, wie etwa das Dach ihres Hauses, durch das es zuletzt an immer neuen Stellen hineingeregnet hatte.

Schließlich nahm er die Tabakterrassen wieder in Besitz und brachte noch viele andere Dinge in Ordnung, die während seiner Abwesenheit hatten vernachlässigt werden müssen.

20

In den ersten Tagen nach ihrer Rückkehr zog sich Jole oft zurück. Sie verspürte eine innere Leere und wollte allein sein, um zu verstehen, was mit ihr los war. Wie schon als kleines Mädchen streifte sie barfuß durch den Wald, um unter den Fußsohlen mal stacheliges Gestrüpp, mal weiches, schwammiges Moos zu spüren, fühlte sich wie eine Nymphe, gleichsam verwachsen mit dem Wald, der sie umgab. Gelegentlich ließ sie sich auf einem Felsblock nieder, lauschte mit geschlossenen Augen auf den Gesang der Blau- und Schwanzmeisen und stellte sich vor, sie selbst würde, wie diese Vögelchen, auf den höchsten Tannen von Ast zu Ast hüpfen. Dann träumte sie, die Arme auszubreiten und, zwischen Himmel und Erde schwebend, davonzufliegen. Der Gesang der Vögel tat ihr ebenso gut wie die Nähe der Bäume. Hin und wieder schlang sie die Arme um einen Baumstamm und drückte sich fest an seine raue Rinde. Das schenkte ihr Kraft und innere Ruhe. Mit einem Seufzer löste sie sich nach einer Weile wieder und spazierte weiter, pflückte hier und da ein paar spätherbstliche Blumen oder hob Tannenzapfen und einmal sogar eine Adlerfeder vom Waldboden auf.

Fünf Tage nach ihrer Rückkehr zeigte Jole ihrem kleinen Bruder stolz und gerührt das Holzpferdchen, das sie mit ihm zusammen geschnitzt hatte, und erklärte ihm, dass es ihr eine große Hilfe und ein großer Trost gewesen sei. Am Abend wollte sie die Löwenzahnblüte holen gehen, die ihr Maddalena, die geheimnisvolle Schäferin, geschenkt hatte. Am Tag ihrer Rückkehr hatte sie die Blume zwischen den Bergahornscheiten ihres Brennholzvorrats versteckt und erwartete nun, sie geknickt und verwelkt, wenn nicht gar verfault vorzufinden. Doch als sie den Löwenzahn sah, traute sie ihren

Augen nicht. Die Blüte leuchtete in einem kräftigen Gelb und schien viel gesünder und schöner als ein paar Tage zuvor. Es war, als wäre sie zu neuem Leben erwacht.

Sie nahm die Blume zur Hand und trug sie ins Haus. Dort holte sie die schwere Bibel aus dem Schlafzimmer ihrer Eltern, schlug sie auf und legte die Blume behutsam hinein, zwischen die Seiten des *Buchs der Weisheit*, ungefähr in der Mitte der Heiligen Schrift, um sie auf diese Weise zu pressen und getrocknet für immer zu bewahren.

Sie würde sich einen schönen Anhänger daraus machen, dachte sie lächelnd. Ja, sie könnte sich von Antonia zeigen lassen, wie man etwas in Harz einschließt und sich einen wunderschönen Anhänger daraus bastelte.

21

Eine ganze Woche lang dankte Agnese dem Herrgott, betete in einem fort, zu jeder Stunde, zu jeder Gelegenheit. Nach sieben Tagen, als sie sich so weit gefasst hatte, dass sie sich wieder um ihre üblichen Aufgaben kümmern konnte, stieg Augusto mit einem kleinen Teil ihres Schatzes in die Stadt Bassano del Grappa hinab. Jole bot an, ihn zu begleiten, doch ihr Vater lehnte ab, er werde sich alleine auf den Weg machen.

Schon am Tag darauf kehrte er mit einem Karren zurück, der randvoll mit Lebensmitteln beladen war: Säcke voll getrockneter Bohnen, Salz, Zucker, Mehl, Erbsen, Mais und dazu eine ganze Reihe von Tieren, darunter acht junge Hühner, ein Hahn, zehn Hennen und zwei Zicklein. Und schließlich noch Leder und verschiedene Stoffe.

Zwei Wochen später zog er wieder in die Stadt hinunter und kam mit zwei Burlina-Kälbern und drei Ferkeln nach Hause zurück.

Bald nahm alles wieder seinen gewohnten Gang, bis auf die Tatsache, dass es den De Boers eine ganze Weile besser ging als zuvor. Dennoch blieben sie arme Bergbauern, die im Joch des königlichen Tabakmonopols die schwierigen Hanglagen bewirtschafteten und in dem Bewusstsein lebten, dass jederzeit neue Entbehrungen, neues Unheil, neue Kriege kommen konnten.

22

Weder Augusto noch seine Tochter erwogen jemals, wieder mit dem Tabakschmuggel zu beginnen. Beide sprachen nie über die entsetzlichen Dinge, die sie erlebt hatten, und die anderen in der Familie wollten die Details gar nicht wissen.

Joles Schönheit begann neu zu erstrahlen, doch blieb in ihren Augen etwas Melancholisches zurück, das weder Namen noch Stimme oder Farbe hatte, aber unwiderruflich zu ihr gehörte wie eine verblasste Erinnerung, eine Art nie geträumter Traum. Das kurze Abenteuer des Tabakschmuggels, der Tauschhandel mit dem betrügerischen und verlogenen De Menech, die blinden Racheversuche von Mos, die Verwandlung von Guglielmo von einem Retter in einen Teufel, die unheimliche nächtliche Prozession – das alles hatte sie gezeichnet und zu früh erwachsen werden lassen, indem es ihr die hässlichsten Seiten der Welt, der Menschen und des Lebens vor Augen führte. Die Begegnungen der schöneren Art, die mit dem Hirten Toni Zonch und der Schäferin Maddalena, wogen diese Erfahrungen nicht auf.

Augusto hingegen verfiel in sein altbekanntes Schweigen und begann wieder Tabak zu kauen. Jenen herrlichen Tabak, für den die Menschen jenseits der Grenze zu allen Schandtaten bereit waren. Dann kam der Winter und mit ihm die ersten ausgiebigen Schneefälle, die Nevada und die Hochebene unter einer dicken weißen Decke versinken ließen. Die Natur schwieg.

Es waren die letzten Tage des Jahres 1896.

Die Grenze verlief noch einige Jahre genau dort, wo Vater und Tochter sie kennengelernt und mehrmals mühsam überquert hatten. Am Monte Pavione, wo Jole die tiefe, beklemmende Stimme seiner Seele vernommen hatte, wo stets ein Sturm brauste, der von den Ungerechtigkeiten der Welt kündete, dort, wo Menschen sich bekriegten und töteten.

Sie hatte auf ihrer Reise jene tiefere, undurchlässige Grenze kennengelernt, die seit jeher die Reichen und Mächtigen auf der einen von den armen Teufeln auf der anderen Seite trennte, die Menschen mit Goldkronen von denen mit Dornenkronen schied.

Vor allem aber hatte Jole jene noch tiefere im Wesen des Menschen liegende Grenze zwischen Gut und Böse kennengelernt, jene unsichtbare Demarkationslinie zwischen Vernunft und Wahnsinn, die jederzeit imstande ist, Engel in Dämonen und Dämonen in Engel zu verwandeln.

Doch die weiten Wiesen dort oben, die Steine und Löwenzahnblüten würden immer und für alle Zeit die Existenz jedweder Grenze ignorieren.

Und so verhielt sich auch Jole und machte es damit der Natur nach, die sie so sehr liebte. Tief in ihrem Innern hoffte sie darauf, dass sich irgendwann niemand mehr ausgeschlossen fühlen müsste. Weder in den Bergen noch sonstwo in der Welt.

Bei der Gestaltung dieses Romans konnte ich mich
auf zahlreiche wertvolle literarische Anregungen
stützen. Darunter: *Tönle* von Mario Rigoni Stern,
La strada delle piccole Dolomiti von Arturo Zanuso,
sowie *Saltaboschi* von Pietro Parolin, dem ich
die Beschreibung der Köhlerei verdanke.

Das Motto auf Seite 7 wurde zitiert nach:
Cormac McCarthy: *All die schönen Pferde*. Roman.
Deutsch von Hans Wolf. Rowohlt Verlag 1993